ギルド追放された

雑用係の下剋上

~超万能な生活スキルで世界最強~

4

ユノ
Yuno Yozakura

Ascendance of a Choreman Who Was Kicked Out of the Guild.

TOブックス

CONTENTS

Ascendance of a Choreman Who Was Kicked Out of the Guild.

第三部 世界を変える三人の〝せんたく〟Ⅱ

イラスト ゆつもえ　デザイン 世古口敦志+清水朝美（coil）

CHARACTERS

Ascendance of a Choreman Who Was Kicked Out of the Guild

旅の仲間

ティム

禁術【失墜《エクリプス》】の使用により、神童《デウス》の力を失った元シンシア帝国の王子。城の召使いに雑用を教わり、その後冒険者ギルド『ギルネリーゼ』の雑用係として生活スキルを極めた。ギルネと“最高の冒険者”を目指している。

ギルネ

巨大冒険者ギルド「ギルネリーゼ」の元ギルド長。魔術の天才で、様々な魔術を編み出した。【失墜《エクリプス》】もその一つ。ティムに惚れ込んだことでギルドを辞め、共に冒険者として名を上げるための旅をしている。

アイリ

ティムとは血の繋がらない兄妹。

不治の病に罹《かか》るも、ティムが禁術を使用したことで快復。神童《デウス》の力によって生命力を与えられ、ほぼ不死身の状態。シンシア帝国から逃亡中。

レイラ

リンハール王国の元孤児。

一つのことに秀でた才能を持つギフテド人であるがゆえに、「ブベツ」として虐げられていたが、ティムに救われ共に旅することに。

アイラ

レイラの妹。リンハール王国の元孤児でギフテド人。

瀕死の状態からティムに救われた。九歳とは思えない頭の良さがあり、レイラやティムをよく助けている。

フィオナ・シンシア救護院

フィオナ

冒険者ギルド「ギルネリーゼ」を変革しギルド長になった少女。

治療術師《ヒーラー》。

ガナッシュ

博打と酒好きの剣士。腕が立つが、その実態は不明。フィオナをギルド長に仕立て上げた。

獣人国

ロウェル

冒険者ギルド「ギルネリーゼ」の元幹部。ニーア側についてギルドから追放された。実は獣人族《ビースト》。

英雄《アルゴノーツ》

オルタ

リンハール王国の貴族嫡男。冒険者スキルは全て最低レベル。

だが膨大な魔力を持つがゆえに、英雄《アルゴノーツ》の二人に拉致された。

イスラ

英雄《アルゴノーツ》の幹部。巨人族《ジャイアント》。

テレサ

英雄《アルゴノーツ》の幹部。妖精族《フェアリー》。

シンシア帝国

エデン

シンシア帝国の皇帝で、ティムの父親。世界征服を目論んでいる。

セシル

シンシア帝国の第四王子。アイリにゾッコン、絶賛思春期中。

リンハール王国

ベリアル

リンハール王国の第一王子。

アサド

リンハール王国の第二王子。

第三部

世界を変える
三人の〝せんたく〟Ⅱ

Ascendance of a Choreman
Who Was Kicked Out of the Guild.

第一話　ティムの新たな黒歴史

獣人族《ビースト》の王都、グラシアス——

魔族による王都襲撃事件から三日。

僕は王城の一室を借りてベッドに寝かせてもらっていた。

「ティムお兄さん！　お口を開けてください！　はい、あ～ん！」

「う、うん……あ、あ～ん」

ロウェル様の息子である獣人族《ビースト》で、十一歳の小さな男の子。

ヘーゼル君は僕が寝ているベッドの隣の椅子に座って、朝食の薬草粥を食べさせてくれていた。

「熱くないですか？　もう少し冷ましてからの方がいいですか？」

「ううん、大丈夫だよ！　ごめんねヘーゼル君。僕の身の回りのお世話を全部任せちゃって……」

「いいえ！　ティムお兄さんのお世話ができて嬉しいです！　いっぱい僕に甘えてくださいね！」

魔族の一人、ゲルツとの死闘にどうにか勝利を収めた僕はその時に飲んだ『エナジー・ドリンク』の反動で身体が動かせなくなってしまっていた。

あのときの怪物《モンスター》の如き強大な力と引き換えに体力を使い果たしてしまったみたいだ。

すでに三日も経ったのに、まるで元気の前借りをしてしまったかのような酷い倦怠感を感じる。

だから、今はこうしてベッドで寝たきりのままヘーゼル君にお世話をしてもらっていた。

（とはいえ、四つも年下のヘーゼル君に頼ってばかりで情けない……）

僕は申し訳なく思いながら笑顔のヘーゼル君に囁く。

「い、嫌だったらいつでも言ってね……？」

「嫌なはずありません！　俺は今、すっごく嬉しいんですっ！」

ヘーゼル君は僕の両肩をガシッと掴んでキラキラした瞳を向ける。

「俺はティムお兄さんがみんなに奉仕をして、周りの人たちを笑顔にしている様子を見て、凄く尊敬していたんです！」

「ヘーゼル君……」

「それに、俺の母さんや村や王都の獣人族《ビースト》を何度も救ってくれました！　俺もいつかは強くて優しいティムお兄さんみたいになりたいんです！」

「そ、そんな男らしいだなんて言われると……照れちゃうな」

鼻先がくっついてしまいそうなくらいに顔を近づけて力説するヘーゼル君に僕はつい顔が熱くなる。

「だから、こうしてティムお兄さんみたいに奉仕をすることができるのが凄く嬉しいんです！　ずっとこのままでもいいと思ってます！」

「そ、それは困るけど……ありがとう。お世辞でもそう言ってもらえると嬉しいよ」

「それに、仲間を救うためにあんなに可愛らしい女の子の格好までして――」

「へ、ヘーゼル君！　お腹が空いたな！　ご飯が食べたいな！」

「あっ、お待たせしてすみません！　お食事を続けますね！」

僕は慌てて話題を逸らした。

ライオスのおもてなしをしている最中、僕がレイラを救う為に女装して乱入した件は忘れてくれてないみたいだ……。

ヘーゼル君は気遣いではなく本当に嬉しそうな表情で尻尾を振り、獣耳をピコピコと動かしながらまた木のスプーンでお粥をすくって、ふーふーと息を吹きかけて冷ましてくれている。

（少しだけ気恥ずかしいけれど、ギルネ様たちとは違ってヘーゼル君の前だと強がらなくていいから気が楽だな……）

『体力を使いつくしてしまったのだから、休めば元気になるだろう』という獣人族《ビースト》らしい考え方に従い、とりあえずは山で摘んできた薬草や生薬をご飯に混ぜていつもこうして食べさせてもらっている。

一日経っても僕の身体が動かなくて、周りの助けが必要だということが分かったとき、最初はギルネ様たちが熱心に僕のお世話係を立候補してくれた。

でも、やっぱり同じ男の人じゃないとその……色々と困ることもある。

それに僕も年頃の男の子だし、妹のアイリやアイラはともかく、歳の近いレイラやギルネ様は一緒にいるだけで凄く緊張してしまって休むどころじゃない……。

リンハールでギルネ様と一緒に過ごしていた時だって僕の心臓はずっと高鳴りっぱなしだった。

だから、今はこうしてロウェル様の発案で僕と仲良くしてくれているヘーゼル君にお願いさせてもらっているという運びだ。

「はい、この一口で終わりです！　今、口の周りを拭きますね！」

「ご馳走様。大丈夫だよ、自分に【洗浄《クリーン》】をかけて綺麗にしちゃうから」

「ダメですよ！　スキルの使用も体力を使うんですから、ティムお兄さんは全て僕に任せて今は休むことに専念してください！　スキルの使用は禁止です！」

ヘーゼル君はそう言って有無を言わさずに柔らかい布で僕の口元を拭き始めてしまう。

こ、こんなところアイラやアイリに見られちゃったら恥ずかしくてたまらない……。

そんなことを考えていたら扉がノックされ、僕は思わずビクリと身体を震わせた。

「へーゼル君、誰か来たみたい！　口はもう綺麗になったから大丈夫だよ！　ドアを開けてあげて！」

「分かりました！」

なんとかやめさせて扉を開けてもらうと、予想通りギルネ様たちが勢揃いで僕の部屋を訪ねて来ていた。

全員、急いで僕のベッドの周りに駆け寄る。

「ティム、大丈夫か⁉　一人で寝るのが不安だったり寂しかったりしないか⁉」

「ティムお兄様、お身体が動かせなくてストレスが溜まっていませんか⁉　いつでもわたくしをストレス発散にお使いください！　なんなりと！」

「ティムお兄ちゃん、眠れなかったらまた私が本の読み聞かせをするからね！」

「ティム、私はその……な、何もしてあげられないけどティムが言ってくれれば何でもするわ！」

昨日と同じように全員が口々に僕を気遣ってくれていた。

思わず涙ぐんで目をこする。

「みなさん、ありがとうございます。すみません、僕がこんな情けない状態なのでみなさんにご奉仕をすることができなくて……」

頭を下げると、ギルネ様たちは大きく首を横に振る。

「気に病まないでくれ！　ティムは今まで私たちや他のみんなのために毎日頑張りすぎたんだ！　こんなときくらい、思いっきり羽を伸ばしてくれ！」

「そうよ！　ティムのご飯が食べられないのは残念だけど、いつも働きすぎで無茶をしちゃうティムがこうして休んでくれて嬉しいと思ってるんだから！」

「レイラ、ギルネ様！　ありがとうございます！　でも、僕も早くみなさんにお料理をお作りしたいです！　みなさんが喜んでくれる顔が見たいですから」

しばらくそんな話をして、僕はみなさんが心配しないように精一杯の笑顔を向ける。

みんなで摘んできたという綺麗な花をアイラが部屋の花瓶に差し替えてくれた。

花弁の色はそれぞれ僕たちの髪色に合わせて紫、赤が二本、青、金色だ。

僕の身体が治るまでは、しばらくこれが毎日の朝の営みになりそうだ。

「まだ身体は動かせませんが、少しずつ元気になっている気がするんです！　もう少し休めば動けるようになると思いますよ！」

そう言うとギルネ様たちは、ホッとした様子でため息を吐いた。

「えっと……ですのでみなさん、ずっと僕にかまってくださらなくても大丈夫ですよ！　ヘーゼル君も！」

「えっ、で、ですが俺はティムお兄さんのお世話を――」

僕の言葉を聞いて、アイラがヘーゼル君を説得する。

「そうだね、昨日は結局このまま一日中ティムお兄ちゃんの部屋にみんなで居て、疲れさせちゃっただろうし……今日はちゃんと一人で休ませてあげなくちゃ」

「……うむ、アイラの言うとおりだな。私もそういう配慮が足りなくてティムを疲れさせてしまっているかもしれん。ちゃんと一人で休ませてあげよう。ティム、また夜には様子を見に来るよ」

「ありがとうございます！」

「そういうことでしたら仕方がありませんね……。ティムお兄さん、何かありましたらすぐにお呼びください！　僕は部屋の近くに居ますので！　獣人族《ビースト》は耳がいいですから、すぐに駆けつけます！」

「ティムお兄様、ご自愛ください！」

アイリとレイラも理解を示して、僕を気遣いながらみなさんは部屋を出て行った。

――そう、アイラの言うとおり僕はどうしても今は一人にしてほしかった。

何とか身体を動かして、ベッドの上でうつ伏せになる。

三日経った今でさえ思い出す……。

ゲルツとの激しい戦い、そして――

『おい、駄犬。汚ねぇ手でこれ以上ギルネに触れるな』

枕に顔面を押しつけて、叫び出したい衝動を抑えながら身を悶えさせる。

（僕はなんて恥ずかしいことをっ！　あぁ～、死にたいっ!!　消えてしまいたいっ！）

僕が王子だった時の黒歴史に加えて、また最悪な黒歴史を作ってしまった。

し、しかもあろうことかギルネ様の前で、しかも何度も呼び捨てにして……！

あの時の僕は僕じゃなかった。

そう信じたいけれど、あの傲慢さと相手をいたぶって楽しんでいた感情はまさに昔の僕自身だ。

ということは、エナジー・ドリンクは僕の本性を表に出しただけだってことで……いや、そんなことはともかく――

（はぁ……絶対にギルネ様に嫌われちゃったよ……。いや、もともと弱くて頼りない僕が冒険者になれるように面倒を見てくださっているだけで好かれてはいないんだろうけど……）

ベッドの上でしばらく悶えると、ようやく落ち着いてくる。

ポジティブに考えよう、うん。

唯一の救いなのは、逆にギルネ様にしか聞かれていなかったことだ。

ギルネ様も気遣ってくださっているみたいで、僕の聞く限りみんなの前ではそのことには触れないでいてくれているし。

（もし、これでレイラやアイリたちにまで知られちゃってたら更に一週間は眠れそうになかったな……）

ギルネ様の優しいお気遣いに本当に感謝しつつ僕はため息を吐いた。

ティムの部屋を出ると、廊下を歩きながらレイラは私に話しかけてきた。

「ねぇ、ギルネ！　ゲルツと戦ってた時のティムの話、もう一度聞かせてよ！」

「わたくしも聞きたいですわ！　魔獣化してしまったワイルドなお兄様のお姿を！」

何度も話したというのに、聞かれてしまうなら仕方がない。

私はあの時の状況をありのまま答える。

「うむ、ティムは凶悪な魔獣の爪を止め、私を強く抱きしめてこう言ったんだ。『ギルネ、お前を傷つける全てのモノから俺が一生守ってやる』ってな！」

「「きゃ〜！」」

「ギ、ギルネお姉ちゃんまたセリフが変わってる……ティムお兄ちゃんがそんなこと言うかなぁ。か、かっこいいとは思うけど」

首をかしげるアイラをよそに、レイラとアイリは何度も話を聞いては興奮して手を合わせながらぴょんぴょんと跳び上がっていた。

第二話　ロウェルとライオス

グラシアス王城の中庭。

私、ロウェル＝ナザールはライオスの後ろをついて歩いていた。

さきほど、雑用係君の様子を見に行くために中庭を通っていたらなぜか道中にライオスが待っていて、ついてくるように言われたのだ。

あの魔獣たちの襲撃事件から今日で三日。

持ち前の自然治癒力のおかげでライオスの身体の傷はもう治っているみたいだ。

まぁ、体中古傷だらけだから治った後も見た目が傷だらけであることは変わりないんだけど……。

今回の突然の襲撃も私はライオスが解決するんだろうと思い込んでいた。

そうしたら、意識を失ったライオスが満身創痍の状態で城に運ばれて来た。

私は凄く驚き、絶望すらしていた。

正直、ライオスがやられたならもうこの国は終わりだ。

ライオスよりも強い敵に勝てる者なんて獣人族《ビースト》の国には居ない。

そのはずだったんだけど……。

(まさか、雑用係君がライオスすら倒せなかったその敵を倒しちゃうなんてね……)

相当な無茶をしたみたいで、身体が動かなくなっちゃうくらいボロボロになっちゃったんだけど。

あの雑用係君がライオス以上に強いことも驚いたけど、獣人族《ビースト》のためにそこまでしてしまうなんて、本当にもうお人よしがすぎるというか、なんというか。

お世話係にヘーゼルを付けたけれど、ちゃんとやっているのだろうか。

ヘーゼルはいつも雑用係君の話ばかりしてるし、あまりうっとうしくして困らせていないといいんだけど……。

そんなことを考えながらライオスの後ろをついて歩いていたら、人目のつかない木陰に連れてこられていることに気が付いた。

ライオスはそこで足を止めて、私へと振り返る。

（こんなところで何を……？　も、もしかして、魔獣にやられた腹いせに私に何かするつもりじゃ……。そういえば私、尻尾を触られてライオスにビンタしちゃったし……それで怒ってたよね。その報復かも）

私はいつでも大声を上げて逃げられるように警戒しつつライオスに訊ねる。

「こんなところにつれてきて、何の用？」

すると突然、ライオスは私に頭を下げた。

「その……すまなかった。どうやら俺がお前の尻尾を触っちまったらしいな」

「……へ？」

私は驚いて、呆気にとられた。

こいつは人に謝ったり、頭を下げたりできる奴だったのか……？

毒気を抜かれて、思わずため息が出るとライオスの謝罪に応える。

「別にいいよ。その様子だと酔っ払ってて、私の尻尾に触った記憶も無いんでしょ？」

すでに私の尻尾が触られた経緯は分かっている。

レイフォード村の村長たちが黙って葡萄酒《ぶどうしゅ》をライオスに提供した。

ライオスはまだ未成年で酒など飲んだこともなかったので、私の曲芸を見ながら分からずにグビグビと飲んでしまった。

酔っぱらったライオスは私の尻尾を目の前にして、つい手が出てしまったというわけだ。

葡萄酒を出したのはレイフォース村の村長の指示だったようで、当人は責任を取って村長をクビになってしまった。

まぁ、私の身体が魅力的すぎたのも悪いのかもね。

ていうか、ライオスはそんなナリでまだ未成年だったのかよ……。

私の許しの言葉を聞いても、ライオスは晴れない表情で私の目を見る。

「いや、酔っぱらっていたとはいえ獣人族《ビースト》にとって悪戯に尻尾を触る行為は最大の侮辱だ。何か責任を取らせてくれ」

ライオスの誠実な態度に私は思わず目を丸くしてしまう。

「……驚いた。毎回、森中の獣人族《ビースト》を集めさせて、偉そうにあんな宴を開かせてるんだからあんたはもっと浮ついた奴かと思ってたんだけど」

思ったままを言った。

もうライオスを怒らせようが私には関係なかった。

それよりも、これまで忌避し続けていたライオスの人柄を知りたいと強く思った。

ライオスは頬をかく。

「確かに、毎度自分をもてなさせて、いい気分なはずないよな。それについても謝ろう、もう宴会は開かないさ。その……宴を開いていたのには個人的な理由もあってな……」

「じゃあ、その理由を教えてよ。そしたら私のことについては許してあげる」

私は強気で問い詰める。

きっと、ライオスが人目に付かないこんな場所に連れてきたから今は本心を語ってくれているんだ。

このチャンスを逃すともう聞けなくなる。

ライオスは少し躊躇した表情をみせる。

「う……わ、笑うなよ？」

「笑わないよ。だから、教えて」

そして、ライオスは自分の事情を話してくれた。

「――あっはっはっ！」

「いや、滅茶苦茶笑ってんじゃねぇか！」

ライオスは全てを私に話してくれた。

『英雄』になろうとして何度も試験に失敗していること、男に尻尾を触られすぎておかしくなってしまいそうなこと、それらのストレスで獣耳が少し禿げてしまったことなど。

そして、思わず笑いが止まらなくなってしまう。

ライオスの表情はみるみるうちに赤くなっていった。

「あっはっはっ！　いや～、ごめんってば。笑うつもりはなかったんだ、ライオスにとってはどれも深刻な悩みだよね！　確かにそんなの誰にも話せないや！」

「ふん、いくらでも馬鹿にしろ」

「馬鹿にしてるわけじゃないよ～。誤解してたんだ、ライオスはきっと私の知らないところでも好き勝手女の子を泣かせて楽しんでる最低な奴だって。でも話を聞いてみたらなんだか、ライオスが可愛くってさ」

「馬鹿にしてるだろうが！」

どうにか笑いを止めると、私は木陰に座る。

そして、ちょいちょいと手招きをしてライオスを隣に座らせた。

「ライオスはさ、獣人族《ビースト》のために英雄になろうとしてたんでしょ？　何度も試験に落ちているのを誰にも言えないのも分かるよ、ライオスは獣人族《ビースト》を守る最強の戦士だもんね。そんなこと知ったらみんなが不安になっちゃう」

「ふん……俺は負け犬だ。今回の襲撃では守れなかった」

「でも頑張ってくれたじゃん。今回も絶対にみんなは感謝してるよ」

ライオスは少し照れくさそうに頬をかく。

「ところで、ライオスって親とか兄弟とかいるの？」

「いない、俺には慕っている兄貴分がいたがそれも冒険中にやられちまってな。俺が獣人族《ビースト》を守ってるのはその兄貴の遺言でもある」

「そっか……じゃあ、一人で頑張ってたんだね。そんな身体中が傷だらけになるほど戦い抜いて」

私は膝で立ち上がると、座っているライオスの顔を引っ張って胸に埋めた。

「偉い、偉いぞ～ライオス」

そう言って頭を撫でてやると、ライオスは顔を真っ赤にして大慌てで私の胸から離れる。

「ば、ばっか！　お前、何やってんだよ⁉」

「いや、労ってあげようかと思って」

「お、おお、お前！　だからって、びっくりするだろーが！　というか、そ、そんな簡単に男を抱きしめたりすんなよ！」

ライオスの言葉に少し考えてから、私は納得して手を叩く。

「あぁ、ライオス。私の方があんたより十歳くらいは年上なんだ。だからまぁ、私から見ればあんたはただの子供なのよ」

「……はぁぁ⁉　う、嘘だろ⁉　どっからどう見たって俺と同じかそれ以下の年齢じゃねぇか！」

「あはは、ありがとう。だからまぁ、私を母親か歳の離れたお姉ちゃんだとでも思ってこれからはちゃんと相談して頼ってよ。私も獣人族《ビースト》を守りたい気持ちは一緒なんだ。私の旦那がそんな人だったからさ……」

私はライオスの傷跡だらけの大きな手を握った。

「辛くなったら私の胸で泣いてもいいし、別に一人で戦い続ける必要も無いんだよ。私もこの国に残るからさ。ほら、そうすれば獣耳のハゲも少しはマシになるかもよ？」

「ロウェル……」

「あっ、でも尻尾は触ったら殴るからね？　流石に」

「さ、触るかっ！」

ライオスは再び顔を真っ赤にした。

第三話　量産されていく黒歴史

ギルネ様たちが部屋を出て行って、しばらく黒歴史にのたうちまわった後。

僕はようやく精神を落ち着かせて自分の状況を整理していた。

今回、僕が戦って勝てたのは自分の力じゃない。

エナジー・ドリンクを使って、半魔獣化してようやく魔族を倒せたんだ。

（魔族だけじゃない。僕の目的はシンシア帝国における下剋上だ。これから立派な冒険者としてTierランクの頂点を目指すためにもやっぱりもっと強くならないと……）

そう考えていると、不意に頭に声が響く。

《――おい、小僧。まだ身体は動かせないのか？》

「わ、わわっ!?　この頭に響くお声は……マウンテン・タートルさんですか!?　一体どちらに!?」

僕は驚いて周囲や窓の外を見るが、その大きな姿はどこにも無かった。

《うむ、今は少しだけ離れたところから小僧に言霊を飛ばしておる。対話ができるというのはやっぱり嬉しいものじゃのう》

「遠くからでも僕と話すことができるんですか!?　凄いですね……」

そう返してから、僕は首をかしげる。
「あれ？　そもそもどうして僕はマウンテン・タートルさんとお話することができるんですか？　やっぱり、僕の《躾スキル》の【調教《テイム》】のおかげでしょうか」
《そうじゃろうな。お主に助けられた時、心が通じ合ったような感覚があった。だが、【調教《テイム》】は魔獣や獣を意のままに操る程度の能力、ワシのような聖獣と対話できるのはここ数百年はいなかった気がするな》
「す、数百年⁉　一体マウンテン・タートルさんはおいくつなんですか⁉」
《これでもまだまだ未熟な若者じゃ。魔毒なんかにやられてしまうくらいにな。じゃが、小僧のおかげで仕返しができた。感謝しておるぞ》
「いえ！　感謝したいのは僕の方です！　あの時、マウンテン・タートルさんが落ちてこなかったらギルネ様と僕は……」
《あと、ワシの本当の名前はゲンブじゃ。まぁ、マウンテン・タートルでもよいが呼びにくかろう？》
「あっ、そうなんですね！　分かりました、ゲンブさん！」
マウンテン・タートルというのはきっとコンフォード村の人たちに勝手に付けられた愛称なのだろう。
僕は真名の『ゲンブ』と呼ぶことにした。
《それで、また先ほどの質問じゃ。まだ身体は動かせないのか？》
「それが、情けないことにまだ動かせません……身体が凄く怠《だる》くて……」

《そうか、残念ながらそれについては力になれることはないのぉ。しっかりと休むがよいじゃろう。しかし、何も出来ず小僧も退屈じゃろ？　話し相手くらいにはなってやるぞ》

「ありがとうございます！」

何となく、ゲンブさんの言霊が跳ねるように聞こえた。

ずっと話す相手がいなかったって言っていたし、きっと本当に嬉しいんだろう。

僕は療養中、ゲンブさんとお話をすることにした。

「そういえば、ゲンブさんはコンフォード村では守り神として慕われていましたね。魔獣や魔物から獣人族《ビースト》のみなさんを守り続けていたなんて、とってもご立派です！」

《ふふふ、残念ながらそんな高尚な考えは持ち合わせておらん。コンフォード村の住人たちがある時、ワシに果物を貢ぎ、その恩返しとして手強いモンスターが村を襲った時に守ってやったのが始まりじゃ。それからお互いに恩を売り合っているというわけじゃ》

「ということは、ゲンブさんは自分のご飯の為に戦って守っていたということですか？」

《うむ、ワシは果物が大好物なんじゃが動き回れないし、自分で栽培したりはできんからな。森中から集めてワシに献上してくれるのはありがたかったよ。まぁ、コンフォード村は水源があるとはいえモンスターが多い危険な場所じゃったし、毎度守るのも骨が折れたな》

「ですが、コンフォード村は今回の活躍が認められて今後この王都で生活して良い事になりました。兵士も大勢いますし、もう村を守る事もなくなりそうですね」

《そうじゃなぁ、いやはや残念じゃ～》

言葉とは裏腹にゲンブさんの言霊は明るい声だった。
きっと、本心ではコンフォード村の住人たちが安全に暮らせるようになって嬉しいのだろう。
《人生は美味しいモノを食べるためにあるからの～。この身体はきっと美味しい物を沢山食べられるように大きくなったのじゃろう》
「あはは、そうかもしれませんね！　待っていてくださいね！　僕の身体が動くようになったら美味しい料理を沢山ご馳走しますから！」
《あっはっはっ。小僧、ワシの巨体を満足させたいなら千人前は作らないといかんぞ？》
「千人前でも一万人前でもお作りしますよ！　任せてください！」
《ふむ、それは楽しみじゃ！》
僕は誰もいない部屋で一人、得意げな顔をした。
《して小僧。お主は何か悩みなどはないのか？　年長者として何でも相談に乗ってやるぞ？》
「ほ、本当ですか！　で、でしたらその……凄く困っていることがありまして。ギルネ様たちには相談できないことなんです」
《うむ、分かるぞ。ワシは亀だが、これでも人間たちの恋はいくつか見守ってきていてな。で、本命は誰なんじゃ？　紫の娘か？　赤い娘か？　青い娘もいたな？》
「れ、恋愛相談じゃないですよっ！　もっと、真剣な相談です！」
思わず焦って否定すると、ゲンブさんから《なんじゃ～》とつまらなそうな声が聞こえた。
熱を感じる顔をごまかすように咳払いをして僕は話し始める。

「実は、僕は冒険者を目指しているんです。立派な冒険者を。でも、この前の魔族との戦いで僕自身の実力では全く敵わないということが分かりました。もっと……強くなりたいんです！」

思いの丈を打ち明けると、ゲンブさんは少し黙った後に僕に言霊を返した。

《強く……か。小僧はこれから先もあのような魔族と戦うつもりなのか？　今回の戦いで相手の強大さは分かったじゃろう？　それでも戦うのか？》

「はい！　シュトラウスさんみたいに罪の無い方が利用されているかもしれません。僕の洗濯スキルでみんなを元に戻してあげたいんです！　それに、僕が冒険者として下剋上を果たしていくためにはどちらにせよ強くならないといけませんから！」

僕がそう言うと、ゲンブさんは再びしばらく口をつぐんだ。

そして、真剣な声色で僕に言霊を飛ばす。

《魔族はこの大陸における最悪の災厄じゃ。小僧の手に負える相手ではないかもしれん……小僧が言っていることは『世界を守る』と言っていることと同義じゃ。小僧にその覚悟はあるか？》

ゲンブさんの言葉に僕は少し躊躇する。

「僕が……世界を守る……」

「雑用係君！　具合は――」

僕が窓の外を見上げて、そう呟いている時にロウェル様が勢いよく扉を開けて入室してきた。

そして、僕の独り言を聞いて、その笑顔から急に気遣いがにじみ出る。

「あ、あはは～。ごめん、邪魔しちゃった――かな？」

「……邪魔？」

ロウェル様に言われて、僕は自分の姿を思い返してみる。

ゲンブさんの言霊は僕にしか聞こえていない。

つまり、今ロウェル様は僕が部屋にたった一人で「世界を守る……！」と窓の外に独り言をしていたと思っているわけで――

「うんうん、雑用係君もまだ十五歳の男の子だもんね！　〝そういう時期〟はあるよね！」

「……ロ、ロウェル様？　違うんです！　今、聖獣と対話をしていて――」

僕が慌てて弁明しても、ロウェル様は生暖かい視線を向ける。

「大丈夫！　大丈夫だよ！　私は雑用係君がすっごくカッコ良いと思ってるし、今回の戦いでも闇の力に呑まれた？　みたいな感じで理性を失ったりしてたんでしょ！　か、カッコ良いとは思うけど、私の前以外ではそういうのやらない方がいいかも……その、未来の雑用係君の為にねっ！」

ロウェル様は完全に年頃の子どもを相手にするように対応をし始める。

「ロウェル様、話を聞いてくださいっ！　本当に違うんですってば～！」

その後、どんなにゲンブさんのことを説明しようとしても「そういう設定ね！　大丈夫！　分かってるから！」と濁されてしまう。

《小僧、ワシと話すときは別に口に出さなくても頭で言霊を飛ばしてくれればよかったんじゃが》

《そ、そういうことはもっと早く言ってくださいよ～！》

こうして僕は、身体だけでなく思春期的な意味でも重症だと思われてしまったのだった……。

第四話　シュトラウスと、今回の襲撃について

王都の魔族襲撃から一週間後――

ようやく僕の腕くらいは動かせるようになってきた頃、ギルネ様たちは僕の部屋に集まっていた。

「吾輩を自由に帰らせてくれたこと、感謝するぞ」

僕の部屋の椅子にふんぞり返って座り、シュトラウスは左右に伸びた髭を撫でながらそう言った。

このおじさん――シュトラウスは魔族による洗脳を受けて〝ゲルツ〟として大陸侵略の片棒を担がされていた。

しかし今は、僕の【洗浄《クリーン》】を受けて本来の姿を取り戻している。

ギルネ様の話によると、魔術書の分野で高名な魔導師らしい。

「……自由にというか、一晩経ったらお前がいなくなっていたんだがな。『家族の安否を確認する、すぐ戻る』とだけ書置きがあって。なんか、どっかのむかつく奴も同じように突然消えていた気がするな」

ギルネ様がそう言って腕を組むと、レイラ達も頷く。

全員が頭に想像しているのは、あの騒がしい元おかっぱ貴族だろう。

「吾輩の家は魔族や魔獣の手が及ばぬように隠蔽してあるのだが、帰ったら妻も娘も無事だった。だから書置きのとおり、こうして戻ってきたというわけだ」

「そうか、じゃあ今すぐ獣人族《ビースト》全員に土下座して、ティムが完全回復するまでその大賢者の知恵を振り絞ってあらゆる手段を尽くせ。あと髭も剃れ」

「ちょ、ちょっと待ってくださいギルネ様！　まずはシュトラウスさんのお話を聞きましょうよ！　どうして魔族にされてしまっていたんですか？」

シュトラウスは若干怯えるようにギルネ様から髭を手で隠した後に僕の質問に答えた。

「……吾輩は魔族と戦い敗北し、気を失ったらしい。洗脳を施されたのはその後だろう。偉大な吾輩といえども意識がなくては抵抗ができん」

シュトラウスは続けて経緯を話し始めた。

「吾輩の故郷は風の谷と呼ばれる秘境だ。風属性の魔法を得意とする魔導師が多く住んでいる」

「風属性の魔導師というのはみんな性格が悪いのか？」

ギルネ様が誰かを思い出すかのようにそう言うと、「そんなわけなかろう」とシュトラウスが一蹴した。

「吾輩は研究に集中する為に里から少し離れた場所に一人で住んでいてな。そんな時、里の近くを徘徊する魔族を発見したのだ」

「一目で魔族だって分かったの？」

レイラが疑問を口にする。

「《感知スキル》の【バリュー】で判断できる。そやつは全身が炎に覆われている人型の魔族だった」

「全身が炎に……⁉　その魔族も元は人間だったのですか⁉」

「いや、『オリジナル』の魔族だろう。吾輩のように洗脳された者は恐らく人の姿を保っているものだ。そいつは吾輩の声掛けに応じることなく襲い掛かってきたな」

「それで、討伐しようとして負けてしまったのですか？」

アイリの質問に対してシュトラウスは言い訳をするように早口で答える。

「うむ、今思えば魔族など吾輩が敵う相手ではなかったな。太刀打ちできるのは英雄か、高ランクの冒険者くらいだ。吾輩は何も戦闘が得意というわけではない」

「それでも、里やそこに住む家族を守る為に一人で勇敢に立ち向かったんだね……」

アイラが感動して瞳に涙をにじませるが、シュトラウスは淡々と答えた。

「いや、自尊心と徹夜明けのテンションのせいだ。夜通しの研究が上手くいってハイになっていた。あと、燃え盛る炎を見て興奮してしまったのもある」

アイラの涙はすぐに引っ込んだ。

「えぇ……」

「こいつ、ただの馬鹿では？」

「吾輩のような天才は凡人とは考え方が違うのだよ。何かを成し遂げるには狂気が必要だ、吾輩は少し狂気に身を任せすぎたというわけだな」

「里の外に住んでるのは研究の為にとか言ってるけれど、単に追い出されたんじゃないかしら？」

（火を見て興奮しちゃうのは少し気持ちが分かる……）

恐らく男性特有の心理現象に僕は心の中で静かに共感する。

何かが燃えてるのを見るのってなんかいいよね……。

「ではやはりシュトラウスさんは被害者のようですね。むしろ魔族を倒そうとしていたわけですし……〝ゲルツ〟にされてしまってからの行いは酷いモノでしたが意識も無かったなら仕方がありません」

そう言うと、シュトラウスは顎に手を当てた。

「今回の件については君たちと共にありのまま獣人族《ビースト》諸君に説明をして彼らの反応を見ようと思う。不覚をとった吾輩にも非はあるのだ、この国が完全に復興するまでは尽力しよう。さて、その前にまずは君にだ――」

そう言った後、シュトラウスは立ち上がり、僕に向き直って頭を下げた。

僕たちは驚く。

失礼だけど何となく、頭を下げるなんてことはしそうにない人だと思っていたから。

「お前、人に頭を下げられたのか」

ギルネ様に至っては口に出てしまっていた。

「ティム君といったな、君には至上の感謝を。恐らく君がいなかったら洗脳された吾輩は天才的な知恵を悪用し、もっと多くの過ちを犯していただろう」

「……お前のせいでティムは動けなくなったんだぞ。何とかしろ、大賢者なんだろ」

急に素直になったせいでギルネ様は怒りの矛先を失い、少し不満げに眉をひそめる。

頭を上げると、シュトラウスは僕のおでこに手を当てた。

「ひとまず、ティム君の容体を見させてもらおう。《医術スキル》、【診察《コンサル》】」

そして、アサド王子と同じスキルを発動した。

「シュトラウス、お前は魔導師ではなかったのか？」

「吾輩は天才ゆえ様々な技能《スキル》を習得している。魔法が主だが、医術もある程度は習得済みだ」

そう言うと、シュトラウスは僕のおでこから手を離した。

「……うむ、全身が疲労困憊だ。怪我はもう治っているようだが、これではしばらく身体が動かせないだろう。とはいえ、身体に別状は無い」

「も、元のとおり、動けるようにはなるんだなっ⁉」

ギルネ様は興奮してシュトラウスの服に掴みかかり、シュトラウスは慌てて髭を手で守った。

「安心したまえ。ひと月もあれば完全に体力が回復するだろう。後遺症も残らない」

「ひ、ひと月もですかっ⁉」

想像以上の長い期間に僕は驚いたが、レイラたちは喜んだ。

「どんなに長くてもいいわ！　だってティムが元のとおり元気になれるんでしょ！」

「そうですわ！　ティムお兄様のお身体より大切なモノなんてありません！」

「そうだね！　この国ならシンシア帝国に見つかることもないし、ひと月後にはアイリお姉ちゃん捜索のほとぼりも冷めてる頃じゃないかな！」

しばらくこの国から動けなくなるけれど、みなさんに不満はないようだった。

ギルネ様も大きくため息を吐いて瞳には涙をにじませる。

「本当によかった……ティムがこうなってしまったのは私が腑甲斐なかったせいでもあるからな。もしこのまま寝たきりなら私が一生、責任を取るつもりだったよ」

きっと、態度には出さないようにしていたけれど凄く心配してくださっていたのだろう。

ギルネ様の呟きを聞いて、『それならこのまま治らなくても良かったかも』なんて思ってしまったことは内緒だ。

その後、シュトラウスはギルネ様たちと共に獣人族《ビースト》の皆さんに今回の件を説明しに行った。

事情を聞いた獣人族《ビースト》の王、エドマンさんそしてライオスはシュトラウスに対して〝謝罪の必要はなし〟と判断した。

そもそも、レイラが国内に入ってきた魔獣の半分近くを一人で討伐してしまったおかげで被害者がほとんどいないらしい。

窮地を助けられた者も多く、その時の輝かしい活躍と燃えるような赤く綺麗な髪に心を掴まれて、レイラは獣人族《ビースト》の男性にも女性にも毎日モテモテなんだそうだが、レイラ本人は自覚していないらしい。

なぜそんな事を知っているかというと、毎日僕と話をしに来てくれるアイラのおかげだ。

「ティムお兄ちゃん、安心して！　お姉ちゃんに変な虫が付かないように私がしっかり守っておくから！」

僕にそう言ってウィンクをするアイラに対しては「あはは、お願いね……」なんて言葉しか返せなかったけど、内心では物凄く安心していたりする……。

他の獣人族《ビースト》の国民たちもシュトラウスに対して恨みはなく、むしろ魔族を相手どって一人で戦っていたことを誉めたたえる声も出たほどらしい。

王様のエドマンさんも言ってたけれど、獣人族《ビースト》は全員が戦士という武闘派な考え方だからモンスターに襲われて負傷するのも自己責任という感じなのかもしれない。

そして、僕の活躍はギルネ様がかなり誇張して獣人族《ビースト》の皆さんに吹聴してくださったそうだ。

続々と僕への感謝とお見舞いにやって来た獣人族《ビースト》の皆さんは「僕が獣人族《ビースト》の村々を脅威や飢えから救った」とか「ライオスをコテンパンにして、今後宴を開かせることをやめさせた」とか、「聖獣を手なずけ操り、魔族を指先一つで倒した」とかとんでもない尾ひれをつけた話をしていた。

中には「ギルネ様とは相思相愛。一生を誓い合った仲だ」なんてあり得ない話まで出てきてしまっていた。

そんな事を言って興奮しながら僕にギルネ様との関係を聞いてきた獣人族《ビースト》の少女たちには慌てすぎて何て言葉を返したか覚えていない。

上手く否定できた気はしないけど……ギルネ様、ごめんなさい。

そうして、また数日の間は少しごたごたしたけれど今回の事件は丸く収まりがついたのだった。

第五話　レイラとライオスの修行

「いたいたっ！　ライオス～！　もう傷は治ったんでしょ～？」

「うん？」

俺が中庭で一人、リハビリがてらに筋トレをしていると赤髪の少女がパタパタと駆け寄りながら話しかけてきた。

「レイラか。どうしたんだ、そんなに使用人たちを引き連れて」

スクワットを続けながら、俺はレイラの後方にぞろぞろとついてきているメイド達を一瞥する。

するとレイラは小首をかしげてから後ろに振り返った。

「……？　何を言っているの？　誰もついてきていないじゃない」

レイラが振り返るとメイドたちは全員が物影に身を隠し、見事に誰も見えなくなっていた。

どうやらレイラは自分がつけられている事には気がついていないらしい。

どこか抜けているような性格だとは思っていたが、少し心配になるレベルだ。

「まぁ、いいか……。何の用だ？」

「ライオスって凄く強いんでしょ？　私とも手合わせしてよ！」

「そりゃ構わんが……」

レイラは『手合わせ』と言っているが、俺とじゃ相手にもならないだろう。

俺は再びレイラのステータスを見る為にスキルを発動する。

《感知スキル》の【バリュー】という技らしいが、名前なんかどうでもいい。

これで相手の力量を測ることができる。

（宴会の時に見たレイラのレベルは五だったな……ステータスは腕力と速さが少し高かったが……）

そう思い返しながらステータスを見直して俺は首をひねる。

「お前……今回の襲撃で何体の魔獣を倒した？」

「そんなの覚えていないわ、みんなを守るので必死だったし。兵士さんが、『王都に侵入した魔獣の半分くらいは私が倒した』って王様に報告していたけれど」

「あのそこら中に転がっていた魔獣の遺体の半分をお前が倒したのか……？」

そう言われて納得する。

だから一気に十レベルも上がってるのか。

討伐数が驚異的だが、それよりも驚くべきは——

（全体的にステータスの伸び方が人間離れしている……）

明らかに十レベル上がった程度では説明がつかない基礎ステータスの上がり方をしていた。

レイラは獣人族《ビースト》のフリをしているだけで実際には人間族《ヒューマン》のはずだ（あまりにも演技が上手くて騙されていたが）。

人種によって差はあるだろうが、レイラの場合はそんなレベルではない。

（まぁ、俺なんかが考えても理由は分からんか……）

不思議に思いつつも、獣人族《ビースト》たちを守った恩人であるレイラの頼みを断る選択などなかった。

「分かった、とりあえず軽く手合わせをするか。レイラは自分の剣を使ってもいいぞ」

「使えるわけないでしょ！　模擬剣を持って来ているわ！　手加減は無用よ！」

レイラはそう言って木刀を構える。

「おう、威勢がいいな！　じゃあ俺も全力で――」

そう言いかけた瞬間、メイドの一人が慌てて物陰から飛び出し、駆け寄って俺の服をクイクイと引っ張った。

何か話があるらしい。

俺は身をかがめると、耳元で囁かれた。

「ライオス様、レイラ様のお肌に一筋でも傷を付けたら絶対に許しません」

それだけを言うと、ペコリと頭を下げてまた走り去ってゆく。

レイラの背後を見ると、物陰に隠れているメイドたちもハラハラとした様子でレイラを見守っている。

「な、何よライオスったら隅に置けないわね！　可愛いメイドさんに応援でもしてもらったのかしら！」

自分の置かれている状況が全く分かっていないレイラはそんな事を言いながら俺の事を肘で小突く。

そんな何気ない所作でさえもレイラの背後のメイドたちは羨ましそうな表情で俺を睨みつけていた。

「……レイラ、手合わせよりも普通の鍛錬にしよう。俺が獣人族《ビースト》の動き方を教えてやる。そうすればレイラももっと速く動けるようになるぞ」

「あはは、何よ！　ライオスったら私と戦うのが急に怖くなったのかしら？　まぁ、それでもいいわ！　ティムが動けない間にいっぱい鍛錬して強くなるんだから！」

ある意味的を射ているその言葉にため息を吐きつつ、俺はレイラの指導を始めることにした。

「レイラが強くなりたいのはあの小僧――ティムのためか？」

「ええ、今回だって私がもっと早く魔獣たちを討伐してティムを助けに向かえていればティムとギルネが危険に晒されなくてすんだの。私がもっと強くならなくちゃ」

「そうか、お前も守りたいモノの為に頑張るんだな」

どこか、自分と似た考え方のレイラに俺は心の中で苦笑する。

「レイラ、厳しくいくぞ。ついてこれるか？」

「もちろんよ！」

こうして、俺は王都復興の傍らレイラに修行をつけてやることにした。

第六話　アイリの秘密の修行

いつもどおり、ティムお兄様への朝の挨拶を終えるとレイラさんはライオスさんと鍛錬をすると言って中庭へと行ってしまいました。

そして、アイラさんはいつもどおり王城の書斎へと行きます。

ギルネさんと廊下で二人きりになるとわたくし、アイリ＝シンシアは頭を下げました。

「ギ、ギルネさん……！　わたくしもティムお兄様を守るために鍛錬をして強くなりたいです！

どうか、魔法を教えてくださいませんか⁉」

わたくしは必死にお願いしました。

今回のグラシアスでの襲撃、わたくしはアイラさんを抱きかかえて盾を構えながら城のクローゼットの中に隠れることしかできませんでした。

外ではティムお兄様たちが死にかけてまで戦っていたのに。

その間、わたくしはただみなさんに守られていただけ……そんなのはもう嫌です！

魔法をおぼえたら、か弱いわたくしでも戦えます！

王家の血筋《ロイヤルライン》のおかげで魔法の習得も人より早いはずですし！

「アイリ……」

ギルネさんはため息を吐くと、わたくしをそっと抱きしめました。

「すまない。私が腑甲斐ないばかりに心配をさせてしまったな……。だが、大丈夫だ！　アイリはティムにとってかけがえのない大切な妹だからな。無理に戦おうとして怪我などはしないでほしい」

遠回しに断られてしまいます。

「で、ですがわたくしもみなさんのお役に立ちたくて――！」

「今回の襲撃の間、アイリはアイラを守ってくれていただろう？　ずっとそばにいて、抱きしめて、励まし続けてくれたってアイラは喜んでいたぞ。すごく役に立っているじゃないか」

「ですが、ティムお兄様や皆様は命がけで――！」

「アイリ。アイラは賢いんだが、好奇心旺盛でまだ幼いところがある。怪我をしてしまわないようにこれからもそばにいて、見守っていてあげてほしい。ティムは私が守るからアイリは心配なんてしなくていいんだ」

そう言って、私の頭を優しく撫でます。

「今もきっと一人で本を読んでいることだろう。私とレイラはこれから修行をするからあまりアイラに構ってやれないんだ。アイリ、私たちの代わりに一緒に遊んでやってくれないか？」

「……分かりました」

ギルネさんのそんな言葉で押し切られてしまいました。

たしかに、私まで修行をしてしまうとアイラさんは一人になってしまいます（ティムお兄様とお話はできると思いますが）。

わたくしは仕方がなく、ギルネさんと別れて言われたとおりアイラさんのもとへと向かいます。

アイラさんはいつも王城の書斎で本を読んでいます。

本当はティムお兄様のベッドの近くまで本を運んで、その隣で読みたいそうですがアイラさんは数分で一冊を読み終えてしまうくらいの速読なので、結局書斎で読むのが効率的になってしまうのだそうです。

「アイラさ～ん。一緒に遊びませんか～？」

わたくしは書斎の扉を開くと、呼びかけます。

本を読むのはご立派ですが、外で日の光を浴びて、身体を動かすのも大切です。

アイラさんは私のような身体の弱いもやしっ子ではなく元気な淑女に育ってほしいです。

「アイリおねえちゃん！　今、ちょうど本を読み終わったところだよ！」

本棚に囲まれて、アイラさんが大きな本を閉じると笑います。

「ちょうど一冊読み終わったところだったんですね！」

「というより、今ので最後の一冊だったんだ！　もうこの書斎の本は全部読み終わっちゃった！」

「えぇ!?　……この部屋の本を、ほんの数日で全て読み終えてしまったのですか!?」

「うん！　リンハールの図書館に比べると大した蔵書数じゃなかったから！」

わたくしはアイラさんに近づいて、顔色をよく観察します。

そして、腕を持ち上げてみたりしながらアイラさんの反応を見ました。

「な、なに？　アイリお姉ちゃん？」

「いえ、無理をされてしまっていないかと思いまして……没頭するあまり寝ていないとか、本のページをめくりすぎて腕が痛くなってしまっているとか……」

「心配してくれてありがとう！　アイリお姉ちゃんは私の面倒を見る係なんだね！」

「あはは、バレちゃいましたか。わたくしも鍛錬をしたかったのですが、ギルネさんにお願いされまして」

「みんな、ティムお兄ちゃんのために一生懸命なんだね〜。私は今から他にも本がないか王様に聞きに行こうかと思うんだけど……アイリお姉ちゃんも付き合ってくれる？」

「はい！　もちろんいいですよ！　一緒に行きましょう！」

「やったぁ！」

わたくしはアイラさんと手をつないでお城の王の間に向かいました。

この国の王、エドマンさんは魔族による襲撃後はとても親しみやすくなりました。

レイラさんやロウェルさん、ヘーゼル君がグラシアスに侵入する魔獣たちを凄い勢いで倒し、住民を救っている様子を目の当たりにして、コンフォード村への評価を改めたのが要因のようです。

アイラさんとわたくしが兵士さんにお願いすると、エドマンさんの執務室にすぐに通してもらえました。

そして、事情を説明します。

「……なんと、我が書庫の本を全て読み終えてしまったと。し、信じられんがおぬしらは魔族を討伐したティム殿のお仲間、きっと本当に読破してしまったのだろう」

わたくしたちの話を聞いて、少し驚いた表情のエドマンさんは何か決心した表情を見せると小声で囁きます。

「実は、まだ本は存在する。王であるワシと数人の臣下しか知らない場所に保管してあるのだ。国を救ってくれたおぬしらであれば案内してもよいだろう」

そう言うと、エドマンさんは私たちを連れて王の間を出ます。

そして、城の地下へと下っていきました。

「隠してる本があるの？　なんで隠しているの？」

道中、周りに誰もいなくなったタイミングでアイラさんが聞きます。

「……『ルーン文字』は知っているか？」

エドマンさんの問いにアイラさんが頷きました。

「うん、宝具に使われている文字だよね。宝具は古代の魔道具だから今の人たちの技術じゃ再現ができない。全ての宝具に刻まれているルーン文字が鍵になっているとは言われているんだけど、魔道具と同じで魔力を流すことで簡単に使えるからその原理が分からないままみんな宝具を使っているんだよね」

「へ、へぇ～。そうなんですかぁ～」

毎日、お城の教会でティムお兄様に祈りを捧げることしかしていなかった私には分からないことだらけでした。

エドマンさんはアイラさんの理解を肯定するように頷きます。

「ルーン文字について学ぶことは禁じられていた。当時、宝具を多く所有していた大国にとってはルーン文字を学ばれて、宝具を作れるようになってしまうのは都合が悪かったのでな」

「だから、ルーン文字について調べた資料などは全て燃やされたんだよね。そうして、誰にも理解できないモノとなった……私が歴史書で学んだとおりだよ！」

「ア、アイラさん凄いです！」

私はただ感心しながらアイラさんの手を離さないようにして歩きます。

「しかし、謎には解き明かそうとする者たちが現れるのが世の中の常。そして、その研究の成果をひた隠し、未来へと託そうとした」

「……もしかして」

エドマンさんとわたくしたちは地下深くの古ぼけた扉の前に着きました。

「獣人族《ビースト》は魔力を扱えない。ゆえに宝具を扱うこともできず、研究のしようもない……だから誰もこんな場所に禁じられた研究の成果が存在するだなんて思いもしないのだ」

エドマンさんがカギを使って扉を開くと、二つの本棚と何らかの器具がいくつか床に転がっていました。

「過去の研究者たちはこの場所に研究成果を隠し、未来へと意思を繋ぐことを決めた。この国の王に代々この部屋の鍵を引き継がせ、守らせてな」

「嘘……こんなところに禁じられた研究、ルーン文字の成果が……!?」

アイラさんは本棚から本を抜き出して、読み始めました。

私は後ろから恐る恐る問いかけます。

「アイラさん、読めますか？」

「ううん、さっぱり！　全然、何が書いてあるか分からない！　暗号化されてるみたい！」

アイラさんは満面の笑みでそう答えました。

「だから、私が解読するんだ！　ルーン文字は文字だけで不思議な効果を発揮できる失われた魔法技術……ここで本を読んで理解すれば絶対にティムお兄ちゃんの助けになるから！」

「アイラさん……」

「だから、アイリお姉ちゃん！　私、今日からこの場所でルーン文字について勉強し始めるね！」

「かしこまりました！　わたくしはたまに様子を見に来ますので、アイラさんも無理はされないでくださいね！　息抜きに遊びたくなったらいつでもお誘いください！」

そうして、アイラさんもティムお兄様の助けになる目標を見つけました。

それはとても喜ばしいことなのですが、やはりこのままですとわたくしはただみなさんに守られてばかりになってしまいます。

熱中して本の解読を始めたアイラさんをこの禁書庫に残して、私は考えます。

（やっぱり、わたくしも魔法を覚えて戦えるようにならないと……でも、ギルネ様は魔法を教えてくださいませんし……アイラさんみたいに魔法書を使って自習しましょうか……）

その時、わたくしの頭に良いアイデアが浮かびました。

（そうですわ！　確か、ギルネさんは手帳を持っていて冒険の途中よく何かを書き込んでいました！　きっと、アレには魔術式が書き込まれているんですわ！）

獣人族《ビースト》の国には魔術書なんてありませんし、それに魔法書を読むよりもきっと実践的で素晴らしい魔法が書かれているはず！

わたくしは期待に胸を膨らまし、ギルネさんが修行で部屋を空けている今のうちにさっそくギルネさんのお部屋にお邪魔しました。

（お邪魔いたします……ふふふ、ティムお兄様のお部屋に何度も忍び込んでいたときの事を思い出しますわ……！）

昔の事を思い出しながらお目当てのベッド――じゃなくて今回はメモ帳を探すために部屋を捜索します。

流石に修行の時まで手帳を持ち歩いているとは思えません、きっとこの部屋に置いていっているはずです。

「……あれ？　これはティムお兄様のシャツ……ギルネ様のタンスに紛れ込んでいますね、返しておかないと……」

捜索のためにまずは衣装タンスを漁ります。

ギルネさんのブラジャー、何度見てもすごい大きさです。

他にも色々なモノを見て私はドキドキしていました。

いやいや、そもそも衣装タンスなんか魔術を記した秘蔵のノートがあるわけがありません。

完全にギルネ様の私物を見るのが目的にすり替わっています。

そんな自分に自己嫌悪を抱き始めた頃――

「……ありましたわ！」

なんと、下着に埋まっているギルネ様の手帳が見つかりました。

私は色々な興奮をそのままに急いでノートのページをめくります。

しかし――

（よ、読めません……！）

流石はギルネさん、魔術式の組み立て方が全て暗号化されていました。

わたくしはひとまず、持ってきていたペンと紙に手帳の内容を書き写し、ノートを元あった場所へと戻します。

読めない文字に出会った時に頼る人は決まってます！

私は再び先ほどの禁書庫へと戻ってきました。

「アイラさ～ん？　ちょっといいですかぁ～？」

わたくしはルーン文字について勉強中のアイラさんが、本から目を離して伸びをしているタイミングにお声をかけました。

「アイリお姉ちゃん！　なになに⁉」

「実は、読めない文字がありまして……アイラさんなら読めますか？」

「任せてよ！　さぁ、獣人文字？　エルフ文字？　妖精文字？　何でも読むよ！」

アイラさんはそう言って上機嫌でわたくしがギルネさんの手帳の文字や図を書き写した紙を受け取りました。

そうしてその紙を見ると眉をひそめます。

「こ、こっちも暗号なんだね……アイリお姉ちゃんはこれをどこで？」

「実はギルネさんの手帳を書き写したんです。先ほど勝手に部屋に入って――」

「えぇ⁉　そ、そんなことしたの⁉　ダメだよ、アイリお姉ちゃん！　わ、私もたまに入っちゃうけど……」

嘘を吐けなかったわたくしは正直に白状しました。

アイラさんはそんなわたくしを当然咎めます。

「はい、ですが……わたくしはいつまでも守られてばかりは嫌だったんです！　ギルネさんはどうしてもわたくしに戦うための魔法を教えてくださらなかったので、我慢ができず……ごめんなさい」

「そっか……うん。アイリお姉ちゃんの気持ち、凄く分かるよ。私もそう、一緒に戦うことができてればティムお兄ちゃんが動けなくなるまで無理をさせてしまうこともなかったんじゃないかなって思ってるんだ」

「アイラさんも……！」

「うん！　だから私もアイリお姉ちゃんに協力するよ！　こっそりと魔法を覚えて、ギルネお姉ちゃんたちを驚かせて、その後で一緒に謝ろう！」

「アイラさん！　ありがとうございます！」

わたくしはうれしさのあまり、アイラさんをギュッと抱きしめました。

アイラさんはわたくしの犯した罪まで一緒に背負ってくださるというのです。

「アイリお姉ちゃん、魔獣が襲来してきて、私が怖くて震えている時も今みたいにずっと抱きしめて、励ましてくれたよね。アイリお姉ちゃんに抱きしめられてもらえるとあったかくて安心するなぁ」

抱きしめられたアイラさんはそう言って、満足そうな表情でわたくしの胸に頭を擦り付けます。

「そうと決まったら、早く解読しないとね！　アイリお姉ちゃん、一緒に考えよう！」

「はい！」

その後、わたくしの何気ない呟きから閃きを得たアイラさんがギルネさんの手帳の暗号を解読してくださいました。

ティムお兄様がお元気になるまでの間、眠る必要がないわたくしはグラシアスの町外れの広場で真夜中にこっそりとギルネさんの手帳に書いてあった魔法を練習しに行くのでした。

第七話　隠し味は愛情です

「さて、シュトラウスよ。大賢者の知恵を使い、何やかんやで私を滅茶苦茶強くしろ」

王都グラシアスの郊外――

やや開けた場所に連れて来られた我輩は紫髪の娘にいきなり滅茶苦茶な要求をされた。

「お前をここでボコボコにしてその髭を全部むしり取る」とか言われなくてよかったが、返答次第によっては変わらないのかもしれない。

彼女が気に入らない返答をしたら容赦なく毟《むし》られるだろう。

そもそも、この破天荒娘は我輩が目を覚ましてから一貫して言動が不躾で滅茶苦茶である。

そんな異常者から身の安全を守る為にも我輩は落ち着いて彼女の目的を探った。

「……ギルネ君。君は何故強さを求めるのかね？」

《感知スキル》【バリュー】を発動し、ギルネ君のステータスを確認しつつ聞いてみる。

まだ年端もいかぬ人間族《ヒューマン》の少女だというのにすでに大した魔導師だった。

かなりの素質を持っていることは間違いない。

我輩の問いに一点の曇りも無い眼でギルネ君は答える。

「私はティムの夢を全て叶えてやるんだ。ティムの夢は私の夢だからな。ティムが魔族を倒して、人々を救いたいと言うなら私もそのために強くなる必要がある」

「なるほど、魔族を倒すため……か」

あの少年、ティム君は高純度の魔毒を飲み込み、半魔獣化までして魔族と化した我輩と強力な魔獣を倒したそうだ。

【診察《コンサル》】を使った際に彼のステータスやスキルレベルを見たが非常に弱かった。

正直、冒険者としてやっていくにも絶望的な程に……。

「……ハッキリと言おう。君たちの強さでは魔族には到底及ばない。戦うべきではない」

我輩は自分の髭を諦めて真実を伝えた。

普段は家族以外の他人に興味などないが、彼らは恩人だ。

無謀な戦いになど挑ませたくはない。

そんな我輩の言葉を聞いても、ギルネ君は少しも落ち込むことのない様子で腕を組む。

「だから強くしろと言っているのだろう。ティムが動けない一ヶ月の間に私は魔族が出てきてもティムを守れる位に強くなるんだ」

「たとえ十年間修行しようと、魔族と戦えるほどの実力はまだ身につかないと言っているのだ。君たちの今のレベルでは無理だ」

「ならば上げればいいだろう。シュトラウスが協力しないというのならそれでもいい。私は今から一人でレベルを上げにいくぞ。リンハールを出てから結構な数の魔獣を倒したからな、そろそろレベルも上がるはずだ」

彼女の言っていることは正しい。

レベルが上がると基礎ステータスが上がるし、スキルを習得することもある。

先ほど我輩が使用した【バリュー】もそうだ。

おおよそ三十レベルになると同時に《感知スキル》が覚醒し、みなこのスキルを体得する。

髭を撫でながら吾輩は考える。

(丁度良いのかもしれないな。ギルネ君のレベルは偶然にも二十九、あと一レベル上げれば【バリュー】を使えるようになる。我輩やライオス君のステータスを見て、自分で実力差に気がつけるようになれば諦めもつくだろう)

ついでにこの不躾な態度も改まるかもしれないという期待をしつつ我輩はギルネ君を送り出すことにした。

「くれぐれも無理はしないように」

「ティムが帰りを待っているんだ、無茶なんてしない。夜までには戻るさ」

ギルネ君はそう言って吾輩の前から立ち去った。

まぁ、あのステータスであればこの周辺のモンスター程度に遅れを取ることはないだろう。


夕方――

我輩が傷ついた獣人族《ビースト》たちの健診を終えた頃にギルネ君は満足げな表情で帰ってきた。

「シュトラウス、近場のダンジョンを攻略してきた。そうしたら、目を凝らすとモンスターや周りの人たちのステータスが見れるようになったぞ！　私自身のステータスもだ！」

どうやら無事《感知スキル》が覚醒し、【バリュー】を身に付けたらしい。

「レベルが上がったのだな。おめでとう」

一応、祝福の言葉を述べる。

だがしかし、レベルがたったの一だけ上がった程度では何も変わらない。

各ステータスがわずかに上昇した程度だろう。

我輩はそう思ってギルネ君のステータスを再び覗く。

（……うん？）

そして、目をこすってもう一度見直した。

「ふふふ、どうだシュトラウス。これなら私だって魔族と戦えるだろう？」

「どうなっているんだ……？」

ギルネ君のステータスは全てが跳ね上がっていた。

スキルレベルはそのままだが、魔力や防御力などの基礎ステータスがＴｉｅｒ３クラスになっていた。

魔族と戦えるレベルにはまだ達していないが、レベルが一つ上がっただけでこの成長率なら確かに魔族と渡り合うのもそう遠い未来ではないだろう。

「ステータスをごまかす【隠蔽《フェイク》】の痕跡も無い……正真正銘ギルネ君のステータスだな……い、一体何をしたんだ⁉」

「無論、愛の力だ！　私がティムの為にしてやれないことはないいっ！」

「つまり、ギルネ君も分からんのだなっ⁉」

相変わらずの妄言は無視して我輩は考える。

『強さを手に入れる』それは争いが絶えぬこの世界に生まれ落ちた者であれば永遠の命題と言っても過言ではない。

その答えが今ここに在るのかもしれない。

しかし、その原因は当事者であるギルネ君ですらも分かっていない。

検証をするためにギルネ君に質問をしていく。

「ギルネ君が以前のレベルアップの時と今回のレベルアップの時で何か変わったことはあるか？」

「もちろん、ティムと出会ったことだ。今回のレベルアップはティムと出会ってから初めてのレベルアップだからな！」

「ふむ……確かにそれならあの少年が影響を与えている可能性があるな。よし、こうしてはいられん！　ギルネ君、ティム君を問いただしに行くぞ！」

興奮が冷めやらぬまま、我輩はティム君の部屋へと急いだ。


「おい、ティム君！　ギルネ君に一体何をした⁉」

「うわぁぁ⁉　ごめんなさい！　ごめんなさい！」

突然、僕の部屋に突撃してきたシュトラウスに肩を掴まれながら僕はわけも分からず謝罪する。

「君がギルネ君の身体に何かしたのだろう！」

「えぇ⁉　ぼ、僕は何も！　ほ、本当です！　僕ごときがギルネ様に手を出すなんて――」

「ティム……すまないが認知してくれ。ティムとずっと一緒にいたんだ、何もないはずがないだろう。私の身体の変化を一緒に喜んでほしい」

ギルネ様はそう言って幸せそうに微笑む。

も、もしかして昔僕とリンハールの宿屋の前で抱きしめ合ったのが原因で本当に……⁉

狼狽える僕にシュトラウスは興奮しながら説明してくれた。

どうやら、レベルアップをキッカケにギルネ様のステータスが劇的に成長したらしい。

（よ、よかった……変なことじゃなくて……）

僕は心の底から胸を撫で下ろした。

「と言っても、本当に僕は何もしていませんよ……？　冒険中はギルネ様たちのお食事を用意して、

お洋服を仕立てて、お身体をスキルで綺麗にしていただけです」

「十分、色々とやっているではないか。一番考えられそうなのは食事だな。どれ、簡単な物でよいのでいつも通りに何か料理を作ってみてくれたまえ」

「おい、シュトラウス。ティムはまだ身体が回復してないんだ。スキルを使わせるな」

「【診察《コンサル》】で診た結果、数回スキルを使用する程度ではさほど問題はない。我輩の前に全人類の命題の答えがあるのかもしれないのだぞ？　一刻も早く解き明かすべきだ！」

「全人類よりもティムの体調の方が重要だ」

シュトラウスとギルネ様が喧嘩してしまいそうになったので、僕は慌ててその間を取り持つ。

「そ、そうですね！　僕もギルネ様にお料理をお作りしたいです！　何かお召し上がりになりたい物はありますか？」

「そ、そうか？　ティムがそう言うなら……じゃあ、お言葉に甘えて……プリンは作れるか？」

「はい！　テーブルをベッドの隣に近づけていただいてもよろしいですか？」

僕はベッドからテーブルに身を乗り出してプリンを作り、シュトラウスの分とギルネ様の分と自分の分で三つ置いた。

後でアイラたちにも作ってあげよう。

「とりあえず、いつも通りお料理を作ってみましたが……」

「まずは、出来上がった料理を調べてみるか……【鑑定《インスペクト》】！」

シュトラウスは自分の前に置かれたプリンにスキルを発動する。

しかし、すぐに眉をひそめた。

「……ダメだな。何の変哲も無いただのプリンだ。これではないようだ」

「そもそも、ティムの料理を食べるだけで強くなれるなら私のギルド員たちは全員、物凄く強くなっていたはずだしな」

そう言いつつ、ギルネ様もご自身の目の前に置かれたプリンに【鑑定《インスペクト》】を試した。

そして、シュトラウスと同じように眉をひそめる。

「……おい、私のプリンだけ効果が出てくるんだが」

「何だとっ⁉」

シュトラウスもギルネ様のプリンに【鑑定《インスペクト》】をかける。

「特性《エンチャント》：成長率増加（基礎ステータス全てにプラス補正）……⁉　なんだこれは⁉　まさしく『食べるだけで強くなれる』物ではないか！　ズルだぞ！」

「おい、いい歳して子どもみたいに喚くな。だが、なぜ私のプリンにだけ……？」

「ぜ、全部同じ方法で作ったのですが……」

全員で首をひねる。

「……そういえば、僕の【味見《テイスティング》】のスキルを使えばもう少し詳しく分かるかもしれません」

「そうか、試してみたまえ」

アイリの盾を【味見《テイスティング》】したとき、僕だけ『隠し特性《エンチャント》』というのが見破れたのを思い出す。

「そうか、よしティム。食べさせてやろう」

「だ、大丈夫です！　自分で食べられます！　では、一口いただきますね！」

僕はスプーンを手にして、ギルネ様のためにお作りしたプリンを少しだけいただく。

そして、【味見《テイスティング》】を発動した。

名称：プリン
分類：スイーツ
主成分：牛乳・卵
味：甘くとろける
栄養素：糖質・ビタミンB2など
特性《エンチャント》：成長率増加（基礎ステータス全てにプラス補正）

そして、『隠し味』も見ることができた。

隠し特性《エンチャント》：『ティムの愛情』（健やかに、元気でいてほしいという深い愛情やほのかな恋情が込められている。愛情に比例して、愛情を向けられた者が食べた場合、成長率が増加する）

「…………」

スプーンを咥えたまま、僕は思わず固まる。

（な、なんだこの恥ずかしすぎる隠し特性《エンチャント》はっ⁉）

「どうだティム⁉　何か分かったか⁉」

「え、えぇっとですねぇ……」

言えない……「僕の愛が込められているからでした！」なんて恥ずかしいことは……。

というか、そんなこと言ったらギルネ様に告白してるのと一緒だし……説明に『恋情』って出ちゃってるし……。

「よ、よく分かりませんでした！　ただ、どうやらギルネ様に作ったお料理はギルネ様がお召し上がりにならないと効果を発揮しないようです」

「そうかぁ……ティムが食べても強くはなれないんだな。残念だ」

「ギルネ君限定で発動する能力なのか……？　いや、他にも何か条件が……」

髭をさすりながら考察を始めるシュトラウスに、人知れず少し冷や汗をかきながら僕とギルネ様はプリンを口にする。

「ふふ、ティムからの授かり物（成長スキル）が私のお腹の中（胃の中）にあるんだな……」

ギルネ様はプリンを食べ終わると、そんなことを呟いてご自身のお腹をさすっていた。

第八話　魔族の幹部による襲撃

魔族による王都襲撃事件から一ヶ月。

「ソーサラが魔族化させた人間とかいうゲルツが最後に訪れたのはここか……」

「はい、魔王城で最後に姿を見せたのは一ヶ月前の定期報告の時だそうです」

誰もが寝静まる深夜——。

魔族の幹部である俺——マゼランは部下のタイラントと共にグラシアスという獣人族《ビースト》の国の街の外れに忍び込んでいた。

この大陸の国は魔獣対策にどこも高い塀が築かれているが、タイラントのように半身がドラゴンの魔族であればこのように簡単に飛び越えて侵入できてしまう。

まぁ、ドラゴンのような強力なモンスターはこの辺りに生息していないからだろう。

タイラントはドラゴンと化している下半身の翼を休ませながら説明を続ける。

「ゲルツは自分で作製したオリジナルの魔石を使ってこの辺りの地で実験をしたいと最後に言い残していたそうですが、その後の報告がなくなりました。この国で行方を追うのが一番でしょう」

俺はため息を吐く。

「全く、魔族化させて人間たちを滅ぼすように洗脳するのはいいが元の人格の意志が色濃く残りすぎだ。おおかた、研究に没頭して戻って来ていないだけとかいうオチだろう」

「その可能性もありますね。わざわざ〝千変万化《メタモルフォーゼ》〟の異名を冠する魔族の幹部。マゼラン様が様子を見に来るほどのことではないのかもしれませんが……」

「まぁ、この国であればゲルツを捜すついでに滅ぼしても問題ないだろう。他国や英雄とのつながりも無い隠れ里のようだしな」

腕を回すと、俺はタイラントにこれから行われる計画の確認をする。

「タイラント、オルケロンの襲撃は一ヶ月後の正午だ。〝シンシア帝国〟とは話が済んでいる」

「はい、その時間であれば太陽光のエネルギーを利用して私も全力の火炎を放てます。オルケロンを火の海に沈めてみせましょう」

「我らの目的は英雄の各個撃破だ、シンシア帝国の話が本当なら奴らはオルケロンを守るために一人で来るだろう。一人なら俺とタイラントの二人がかりで勝てるはずだ」

「そうですね。英雄は孤立させて戦うのが一番安全です」

「俺はこのままソティラス大陸に残り、この国を拠点に暗躍する。当日は現地で合流だ。ゲルツを見つけたら研究を中断し魔王城に帰還するように伝えておこう」

「かしこまりました。では、マゼラン様。また後日」

そう言うと、タイラントは飛び去った。

（さて、小さくて隠れて動きやすいスライムにでも擬態するか）

俺は自身の固有能力である千変万化《メタモルフォーゼ》の能力を使い、自分の姿を変える。

派手に暴れると住民が散り散りに逃げて面倒事が大きくなってしまう。

だが、流動体のスライムになれば隙間からどこにでも忍び込んで暗殺していくことができる。

さて、まずはこの国の王でも殺して――

「まぁ！　大変、モンスターですわ！　モンスターが国の中に入り込んでしまっています！」

しかし、スライムに変身した直後に青髪の少女が俺を見て声を上げた。

俺はすぐにこいつをスキルで調べ上げる。

（こんな夜中の人気が無い場所で女の子どもが一人……？　レベルは1、ステータスもゴミ。ただの村人か？　ずいぶん平和ボケした国だな）

怖がられて逃げて通報されたら面倒なので、すぐに殺そうとしたが、青髪の少女は逃げるどころか少し足を震わせながら俺に立ち向かう姿勢をみせた。

「こ、これだけ小さくて弱そうなモンスターならわたくしでも倒せるはずですわ！　わたくしには覚えたばかりの魔法がありますもの！」

青髪の少女は自分を奮い立たせるようにそう呟く。

（こんな見た目にしておいて良かったな。これなら好都合だ。まずはこいつを殺してスライムの身体で溶かしちまうか……証拠は残さん）

俺は早速息の根を止めるために青髪の少女に襲いかかった――

「ギルネ様、たまに何かを書き込んでいるその手帳は何なのですか？」

レイラたちが全員自分たちの部屋で寝静まった夜――

僕と談笑をしながら隣の机で手帳に文字を書き込むギルネ様に訊ねる。

冒険中もたまに取り出して何かを書き込んでいるので、実は手帳がずっと気になっていた。

「あぁ、これか？　私のティムへの思いを毎日書き込んでいるんだ」

「えぇ!?　ほ、ほほ、本当ですか!?」

眠気も吹き飛ぶようなギルネ様の言葉に、僕は動かない身体がビクリと反応した。

もしかして、愚痴とか書かれてるんじゃ……。

そんな様子を見て、ギルネ様は満足そうに笑う。

「ふふ、冗談だよ。気になるなら見てみるか？」

「い。いいのですか!?」

「別にいいぞ、ほら」

日記帳のようなモノかと期待し、僕はドキドキしながら手渡されたノートを見る。

ギルネ様のノート……温かいぬくもりと、何だか良い匂いがする気がする。

そしてノートを開き――首をひねった。

「す、すみませんギルネ様……読めません」

「ふふふ、そうだろう。これは暗号でな。知らない者には読めないようになっているんだ。解読できる者はほんの一握りだろう」

「なるほど……てことは、隠すような凄いことが書かれているんですね！」

僕がそう言って手帳をお返しすると、ギルネ様は少し複雑そうな心境の表情をした。

「これには私の編み出した〝禁術〟の魔術式が書いてある」

「禁術……」

そうだ、ギルネ様は犠牲を伴う危険な魔法、『禁術』を編み出すことができる。

「ギルネ様はどうして禁術を作っているのですか？」

「そうだな……。昔はギルドを大きくする為に魔術書に載せてお金を得ていたりしたが、今では作っていることが知られるだけで捕らえられてしまうからな。だが、ティムがアイリを救ったようにいつかどこかで役に立つことがあるかもしれないから、私は思いついたら書くようにしているんだ」

「そうなんですね」

「だが、とても危険なモノだから、たとえ読めるようになってもティムは使わないようにな」

「あはは、禁術なんて難しすぎて今の僕には扱えませんよ」

「いや、強力な禁術でも少し練習すれば習得できてしまうようなモノもいくつかある」

「えっ⁉　そうなんですか⁉　じゃ、じゃあ僕でも扱えるかも――」

「だが、簡単な禁術ほど失う代償が大きくなる。ティムは【失墜《エクリプス》】を使用した時は複雑な術式と触媒を用意する代わりに才能を失うだけで済んだんだ。まぁ、ティムが際限なく発動したせいで才能は全て失ってしまったみたいだが」

「て、てことは他の禁術はもっと代償が大きいモノも……」

「簡単な禁術は『自分の命』を代償に捧げることになる。とはいえ、魔力はある程度必要になるからゲルツと戦っている時にはもう私は使えなかったんだけどな」

そんな話をされ、僕は慌てて身を乗りだしてベッドに倒れ込んでしまった。

「ギ、ギルネ様、絶対に使っちゃダメですよ⁉　禁術！」

「……ふふふ。あぁ、大丈夫だよ。ティムは心配しないでくれ」

「絶対、絶対ですよ！」

僕が必死にお願いするも、ギルネ様は笑いながら曖昧な返事しかしなかった。

そうだ、僕がちゃんと強くなってギルネ様に使わせなければいいんだ。

何も心配いらないように。

「――さて、私もそろそろ寝よう」

ギルネ様はそう言って席を立つ。

「そういえばアイリがよく私の部屋を訪ねて来て一緒に寝ているんだが――」

「あはは、すみません。アイリは甘えん坊なところがありますので」

「いや、最近は部屋に来ないんだ。ティムのところで寝ているのか？」

「い、いえ！　というか、僕たちはもう大きいので一緒には寝られませんよ！」

「なんだ、そうなのか。じゃあ一人で寝ているのかな。まぁ、ぐっすりと眠れているなら特に問題はないな」

「そうですね、アイリも今回の冒険で少しずつたくましくなっているんだと思います！」

「本当にそうだな、あまり頑張りすぎて怪我でもしないといいんだが……じゃあ、お休みティム」

「おやすみなさい、ギルネ様」

ギルネ様はそう言って部屋を出て行った。


グラシアス郊外、深夜の広場。

俺が青髪の娘に襲いかかると、娘は慌てて魔法を唱えた。

「ま、まずは手帳に書いてあったこの魔法を使いましょう！　えっと、【空絶《ディメント》】！」

聞いたことのない呪文だったが、こんなひょろっちい娘の魔法なんてたかが知れているし、俺は魔族の幹部だ、特に意味もないだろう。

俺は構わずスライムの身体のまま突進して千変万化《メタモルフォーゼ》で鋭い爪を持った右腕を創造し、娘の喉元を狙った。

「う、腕が生えてきましたわ！　スライムってそんなこともできますのね！」

驚きの声をあげる娘のことは気にもとめず、俺は喉を切り裂こうとした。

しかし、急に目の前の風景に亀裂が入り、俺の爪はその亀裂より先に通らなかった。

どんなに力を入れても爪が娘の首元で止まる。

「なんだ――っ⁉」

危険を感じた俺は急いで腕を引いて娘から距離を取った。

空間に入った亀裂も消える。

(なんだ、今のは……？　俺の攻撃を防ぐということは少なくとも上級魔術以上……そんなのを使えるステータスじゃなかったはずだが……)

そんな様子をみて、娘は無邪気に飛び跳ねた。

「おぉ！　攻撃を防げましたわ！　凄いです！　流石はギルネ様の魔法！　びっくりして心臓がキュッとなりましたが！」

(分からん……何が起きた？　スライムのままの状態とはいえ、魔族の幹部である俺様の攻撃をたやすく防ぐとは……)

俺はふたたび娘のステータスを確認する。

いや、間違いなくレベルは1、貧弱なステータスだった。

しかし、今の現象……。

「千変万化《メタモルフォーゼ》――」

俺は本来の実力が出せるよう元の魔族の姿に戻った。

ただの小娘だと思っていたが、油断すべきではない。

実力に偶然などはあり得ない。

どうやってかは知らないが、俺の攻撃を防ぐほどの力を隠し持っているのだろう。

「まぁ！　スライムが人間のお姿に化けましたわ！　ふふ、でも肌の色が紫ですわ！　そんな甘い変身じゃ騙せませんわよ？」

「お前、まだ俺がスライムだと思っているのか……？」

「あら、言葉まで真似できますのね！　スライムって凄いですわ……でも、残念ながらそれでも私は騙せませんわ！　だって、目の前で変身しましたし！」

娘は俺が最弱の魔物であるスライムだと信じて疑っていないようだった。

こんな頭がお花畑な奴に全力を出すのは癪だが、油断せず次の一撃で確実に葬る。

俺は奥義を発動した。

「【転変地異《メタモルアーツ》】」

俺は地面に手を触れて材質を変化させた。

俺だけが作り出せるこの世に存在しない超合金、『メタリカ』。

五千度の炎だろうが、百トンの荷重だろうが全く変形しない最強の素材だ。

地面を伝い、娘の周囲からそれを槍の形にして射出する。

同時に俺自身もメタリカで作り出した斧を持つ。

そして、空高く跳躍すると上空から娘に向けてその斧を振り下ろした。

（四方八方からの攻撃……、上と下を同時に防がないとならん。これもさっきので防げるのか……？）

「ま、また攻撃がきますわ！　上から？　えっと、じゃあ、次はアレを試しましょう……【悪食《イートイン》】！」

青い髪の娘がそう唱えた直後、娘の周囲に黒いモヤが噴き出した。

俺のメタリカはその黒いモヤに触れた瞬間、「ムシャムシャ」という咀嚼音と共に消滅していく。

（――!?　危険だ！　アレに触れると消滅する！）

すでに振り下ろした斧の先が黒いモヤに当たっていた。

その部分からみるみるうちに消滅していく。

そして、斧で斬りかかる瞬間に俺の腕にも黒いモヤは接触していた。

（――!?　侵食されちまう！）

俺は逃げながら左腕を鋭利な刃に変形させて右腕を切り落とす。

右腕は地面に落ちると、間もなく黒いモヤと共に跡形も無く霧散した。

「す、凄いですわ！　この魔法、食いしん坊さんなんですね！」

（俺のメタリカでも通用しない……！　少なくとも英雄レベルであることは間違いない）

俺は右腕を復元させた。

考えろ、頭に砂糖菓子でも詰まってそうなこいつのペースに乗せられるな。

本当に自分がスライムにさえ思えてくる。

メタリカは攻略されたが、俺には何にでも姿を変えられる千変万化《メタモルフォーゼ》がある。

いくつ魔法を持っているのかは知らねぇが俺も戦闘スタイルを変えていけば――

「じゃあ、次はこちらからいきますわ！【発破《ノーベル》】！」

娘がそう言って手をかざした瞬間、俺の身体はパンッという軽い音と共にはじけた。

「――は？」

頭の理解が追いつく前に勝負が決していた。

地面へと向けて落下する自分の頭部の視線からバラバラになった自分の肉体を他人事のように確認する。

魔族の核である心臓も破壊され、再生は不可能だと、自分は死ぬのだとようやく理解した。

意識が遠のき、身体が消滅してゆく死の淵でようやく気がついた。

意味が分からないほどに強力なこの娘の魔法の正体――

こいつの魔法は禁術だ、しかも命を捧げて発動するようなもっとも強力な部類。

つまり、こいつは――

(魔法を発動する度に死んでやがる……！　何らかの方法で毎回即座に生き返って……)

「やりましたわ！　私でもスライムを倒すことができました！」

そんな的外れな明るい声と飛び跳ねて喜ぶような足音が聞こえた。

(ダメだ……もう声も出せねぇ……くそっ、こんなところで終わりかよ……。タイラント、来るんじゃねぇ、この大陸には青髪の化け物が……)

「それにしても、ギルネさんの手帳の魔法って、使うと一瞬意識が途切れて頭が真っ白になって、なんだか天にも昇るようでとっても気持ちが良いですわ！　クセになってしまいそうです！　きっと、ギルネさんの優しいお気持ちが魔法にも組み込まれているのですね！」

そんな、頭のおかしい娘の戯言を聞きながら魔族の幹部である俺は〝ただのスライム〟としてひっそりとこの世から姿を消したのだった。

第九話　ティムの新たなる力

僕が倒れてしまってから約一ヶ月後――

「みなさん、大変ご心配をおかけいたしました！」

グラシアス王城の僕の自室に集まったギルネ様たち、シュトラウスやロウェル様に僕は深々と頭を下げた。

ようやく、僕の身体が動かせるようになったのだ。

本格的に立ったり歩いたりできるようになったのは一週間前。

それからヘーゼル君やロウェル様、ギルネ様たちに協力をしていただきながらリハビリをして、もう完全に元に戻ったようだった。

「「おめでとう～！」」

僕の快気を祝してアイラとアイリが後ろ手に隠していた花束を僕に渡す。

「みなさん、ありがとうございます！　これで改めて冒険者を目指せますね！」

「あぁ、そうだな。だが、焦ることはない。ひとまずはお祝いをしよう」

「ティムが元気になって嬉しいわ！」

「レイラにもいっぱいご飯を食べさせてあげるからね！　これから皆さんのお世話は全て僕にお任

せください！」

ひとしきり祝福された後、僕が得意げに胸を叩くと同時に部屋の扉が勢いよく開かれた。

「小僧！　どうやら完全に治ったようだな！　約束通り会いに来たぞ！」

驚いて全員で視線を向けると、そこには大きな長い爬虫類のような尻尾を持ったメイド服姿の金髪女性が満面の笑みを向けていた。

彼女はズシズシと床を軋ませながら僕の傍まで歩み寄り、僕の手を握る。

僕は彼女が誰だか分からず、ただ茫然としていた。

周囲を見てみるけれど、みな同じような表情だ。

おそらく誰も面識がないのだろう。

部屋ではギザギザの歯を輝かせた彼女の笑い声だけが響いた。

「えっと、すみません。……どちらさまでしょうか？」

「小僧、恥ずかしがらなくてもいいぞ。そこにいる娘たちがいない間、病室で動けぬ小僧と毎日話し合っていた仲ではないか」

「毎日話し合い……あぁっ⁉　その話し方、も、もしかしてゲンブさんですか⁉」

そう言うと、ゲンブさんは肯定するように僕にウィンクをする。

「治ったらワシに料理を腹いっぱい食べさせてくれる約束だっただろう？　まさか、昨日の今日で忘れたとは言わせんぞ？」

「はい！　ゲンブさんにずっとお料理を御馳走したかったんです！」

正体が分かり、僕は両手で手を握り返す。

ゲンブさんは僕とギルネ様の命の恩人だ、ずっと恩返しがしたいと思っていた。

そんな様子を見たギルネ様がたまらないような様子で声を上げた。

「ちょ、ちょっと待ったティム！　この女は一体誰だ⁉　な、なんだか物凄く仲が良さげだが⁉」

「あっ、ギルネ様この方は――」

僕が説明を始めようとすると、ゲンブさんは何やら意地の悪い笑みを浮かべてギルネ様たちの前に立ちはだかった。

「さっきも言ったじゃろう、ワシはおぬしたちが小僧を部屋にほったらかしにしている間に、一日中愛を語り合っていたような仲じゃ」

「「えぇぇっ⁉」」

ゲンブさんのかなり省いた説明を聞くと、ギルネ様たちは驚愕の声を上げる。

『愛を語り合う』って言っているけれど、ゲンブさんがどうしても恋バナをしたがるから、いつも僕がそういう話をさせられてしまっていただけだ。

ギルネ様たちは興味を持ってしまい、僕に掴みかからんばかりの勢いで目の前に迫る。

「ティム、く、詳しく聞かせてくれ！　この女と一体どんな話をしていたんだ⁉」

「ど、どんな話って……い、言えません！　すみません！」

「言えないような話なのか⁉　そ、そんな……私たちが修行している間に見知らぬメイドなんかと……」

言えるわけがない、ゲンブさんとは言葉を口に出さずに会話できるのを良いことに僕は身の程知らずにもギルネ様への恋情をつい赤裸々に語ってしまったこともあるのだ。

凄く年上だし、話しやすかったからつい油断して……。

僕に隠し事をされたショックでギルネ様が瞳に涙を浮かべると、ゲンブさんはもう一度大笑いする。

そして、満足してくれたのだろうかちゃんとフォローしてくれた。

「あっはっは、冗談じゃ。小僧とは毎日本当にくだらない世間話をして暇つぶしに付き合ってもらっていただけじゃ。おぬしらは面白いのぉ、ワシの正体はあの大亀じゃ。人の姿で現れたのも今日が初めてじゃから安心せい」

「お、大亀って……マウンテン・タートルのこと⁉　えっ、女の子だったの⁉」

ずっと昔からコンフォード村の守り神としてお世話になっていたロウェル様は驚愕の声を上げる。

「ワシは聖獣じゃからなぁ。寿命もとんでもなく長いせいかこれでもまだ人間に換算するとおぬしらとそう変わらぬ年齢となるらしい」

「確かに、カメの尻尾も出てるし……ほ、本当にマウンテン・タートルなんだ」

「うむ、確かに聖獣と呼ばれる存在は人の姿も取れると聞いたことがあるな」

「へぇ～、凄い！　可愛い～！」

シュトラウスとアイラも興味深そうに観察する。

「あぁ、ありがとうよ。じゃが、お嬢ちゃんのほうが魅力的だぞ」

「ですが……どうしてメイド服を着ているのですか？」

アイリが首をかしげると、ゲンブさんは服をフリフリと揺らす。

「この城のクローゼットを開いたらこればっかりじゃったからな。小僧は裸の方がよかったかの？」

「そんなことはないです！　服を着てくださった方がいいです！」

「服は着て頂戴！」

僕とレイラは大慌てでお願いした。

「な、なんだ正体は亀なのか……。良かった、亀なら安心……安心なのか？」

「ほれ、早く宴会の間へと行こうぞ！　ワシは腹を空かせてきたのじゃ、はよう料理を作ってくれ」

ギルネ様がなにやら自問自答をしている隣で僕はゲンブさんに手を引かれて部屋を出た。


「いや～、たまげたぞ小僧。本当にワシが腹いっぱいになるまで料理を作るとはな！　しかも、どれも今まで食べたことがないほどの絶品！　いやはや、亀の姿では上手く味わえないじゃろうから人の姿で来てよかったわい」

王城の宴会場の席についたゲンブさんがそう言ってデザートとして大皿に高く積み上げられたフルーツケーキをパクパクと食べる。

「お、王城に備蓄している食料が半分も無くなってしまった……」

「すみません。僕もまさかここまで食べるとは……」

「いやいや、ウチの王が食料をいくらでも使って良いと許可を出したんです。それにティム殿はこの国を救った英雄ですし、かまいませんが……」

みるみるうちにゲンブさんの口に大量の料理が吸い込まれていく様子をみていた王城の使用人たちは冷や汗を流す。

ちなみに大広間のテーブルにもとから置いてあった椅子はゲンブさんが座った瞬間に重みで壊れたので僕が頑丈な椅子に作り直している。

「食欲は大亀の時のままなんだ……というか、雑食なんだね」

アイラが呟くと、ギルネ様はゲンブさんを冷ややかな目で見つめる。

「さて、もう満足しただろう？　私たちは魔族を倒し、シンシア帝国の王子たちをぶん殴る為に忙しいんだ。山に帰ってくれ」

「そうつれないことを言うな、もう少しくらい小僧と話してもいいじゃろう？」

「ティムはお前に食わせる料理を作ったためにへとへとなんだ！　早く私の部屋のベッドで休ませてやらないと――」

「い、いえ！　そんなことはないです！　ゲンブさんが美味しそうに沢山食べてくれて嬉しいです！」

なぜか恩人であるはずのゲンブさんに冷たい態度を取ってしまうギルネ様をなだめる。

デザートも食べ終えて、満足そうに一息つくとゲンブさんは席を立って僕を真っすぐに見つめた。

急に真剣な表情をされて、僕は思わずゲンブさんの瞳から目が離せなくなる。

「……さて、小僧。おぬしはこれから『魔族と戦う』とのことだったな。その決意は今も変わっておらんか？」

「は、はい！　あんなに悪い人たちがいるなんて見過ごせません！　今はまだ弱い僕ですが、頑張って強くなって何とかしたいです！」

「強くなりたい。確かにそう言っていたな」

僕がゲンブさんは、僕の悩み相談を覚えていてくれたらしい。

ゲンブさんと見つめ合っていると、ギルネ様がわたわたと割り込んだ。

「ティ、ティム！　私やレイラもいるぞ！　みんなでティムの夢を叶えよう！」

「はいっ！　ありがとうございます！　とっても心強いです！」

そんな僕たちを見て、ゲンブさんは口元を押えて笑う。

「ふふふ……本当におぬしらは可愛いのう。よし、分かった。ワシが小僧の〝神器〟となろう！　そうすればきっと魔族の討伐に役立てられるはずじゃ」

「じ、神器⁉　えっと、それって確かギルネ様がお持ちになっていた強力な武器ですよね⁉　えっ？　神器になるってどういう……」

話を聞くと、ギルネ様は納得したように手を叩いた。

「なんだ、神器はもともとは聖獣だったのか？　道理でたまにしゃべったりしてたわけだ」

「ご存じなかったのですか⁉」

「ニルヴァーナはほとんど寝ていたからな〜。私もあまり興味がなかったし」

「あはは、ギルネお姉ちゃんらしいね〜」

「うむ、神器とは聖獣が姿を道具に変えたモノじゃ。ワシは聖獣としては地位が低いからのぉ、他の神器と比べるとやや見劣りするかもしれんが」

今まで、僕が淹れた紅茶を飲みながら静観していたシュトラウスが口を挟む。

「よいのか？　確か聖獣は一度武器となると、もう元の姿には戻れなくなる。生まれ持った身体を捨てるということだろう？」

「え⁉　そ、そんな！　いいですよ、そこまでしなくても！」

驚きの事実に僕は遠慮したが、ゲンブさんはギザギザの歯を大きく見せて笑った。

「な〜に、ワシにはもう守るべき村も無くなったしな、それに神器化すれば人型にもなりやすくなる。人型になればまた小僧が美味しい料理を食べさせてくれるんじゃろう？　あっ、安心せよ。あの巨体を捨てるということはワシの食べる量も人並みになるからな。というか、食べなくても平気になる」

ゲンブさんは上機嫌で説明する。

どうやら、もう意志を変えるつもりもないようだ。

「そ、そういうことならいいのかな……」

「あぁ、よいのじゃ。ワシはむしろ楽しみじゃぞ」

「神器か……。ティムが強くなれるなら大歓迎だが人型が美少女なのが油断できないな。ティムがたぶらかされてしまわないか心配だ」

何かを葛藤するようにブツブツと呟くギルネ様の隣で、続けてゲンブさんは僕に訊ねた。

「それでじゃ、小僧。ワシは何の武器になればいい？　慎重に選べよ、一度神器化したら他の武器には成れんからな」

「武器……えっと、どうしよう……」

「ワシの神技はシンプルに〝重い衝撃〟を加えるスキル。相性的にハンマーがいいんじゃないかと思うんじゃが」

ゲンブさんに言われて、僕は少し考えてから頭を下げた。

「すみません！　僕は武器を何も扱えなくて……だからその、こんなことお願いするのは気が引けるんですが……」

人差し指を合わせながら僕は相談する。

「僕が敵を叩くときに使っているのはフライパンなんです、だからその……フライパンとかはどうでしょう……？」

そんな話を聞くと、ゲンブさんは噴き出した。

「ぶっはっはっは！　フライパンじゃと⁉　剣でも槍でもなくフライパン⁉　あっはっはっはっ！」

「ごめんなさい、やっぱり嫌ですよね……？」

「いや、最高じゃ。小僧がワシを使って料理をすれば勝手に味見し放題じゃしのう。それに、たとえ世の中が平和になっても使ってもらえるのは嬉しいことじゃ。他の神器たちが羨ましがるのぉ」

「あはは、よかった……お料理が気に入ってもらえて」

「では、小僧。ワシと手を合わせよ」

ゲンブさんが差し出した手のひらに僕の手を合わせる。

ギルネ様が何やら悔しそうにその様子を見ていた。

「……ロウェル、もうワシがいなくてもコンフォードの住民たちはやっていけるな？」

「は、はい！　今までありがとうございました！　コンフォード村の全ての住人を代表してお礼を申し上げます！」

ロウェル様が深々と頭を下げると、ゲンブさんは優しく笑う。

「小僧、ワシは今からおぬしの所有物となる。おぬしの中で眠るワシを呼び出すのじゃ。頼んだぞ」

ゲンブさんは光の束となって僕の身体に吸い込まれていった。

「ティム、名前を呼ぶんだ。そうすれば神器は応えてくれる」

「は、はい！」

ギルネ様に教えていただき、僕は右腕をかざした。

「来てください、ゲンブさん！」

そう唱えると、僕の手には綺麗な青いフライパンが現れた。

第十話　海に行きたい！

結果的にゲンブさんのための食事会と化した会場の片付けが終わると、僕たちは一つの空き部屋に集まる。

シュトラウスとロウェル様たちはグラシアスでの復興の仕事がまだ残っていて、そちらに向かったのでこの場にはいない。

「さて、これからの冒険の予定を立てなくてはな」

僕の体調が完全に治ったので、冒険についてもう一度みんなで話し合うことにした。

僕はリンハールから旅立った時の事を思い出しながらギルネ様にお話しする。

「そういえば、元々はアイリをシンシア帝国から隠す為にリンハールから森を抜けてさらに東方の多種族国家『オルケロン』という場所を目指していたんですよね」

「うむ、そうだな。その途中でティムがロードランナーにお持ち帰りされそうになって、獣人族《ビースト》の女の子ルキナが魔獣たちに襲われているのを見つけて、助けを求められたからコンフォード村を救ったら今度はこの王都に連れて来られたんだ」

「考えてみると、本当にいろいろとハプニング続きだったね〜」

「わたくしはお城の外の世界が新鮮で凄く楽しかったですわ！　もっと色々と見てみたいです！」

ニコニコと手を合わせるアイリに癒されながら、レイラは首をかしげる。

「巻き込まれてここに来ちゃったけど、ここならアイリちゃんを隠すこともできるし、いざとなったら獣人族《ビースト》が守ってくれるし、別に動かなくてもいいんじゃないかしら？」

「いや、確かにここは居心地がいいがティムがこれから冒険者として大成するためにはやはり様々な国を回った方がいい。それに、ティムもどうせなら人助けをして回りたいだろう？」

そう言って、ギルネ様は僕にウィンクをする。

僕の雑用根性はギルネ様にはお見通しのようだった。

「はい、僕も冒険を続けることは賛成です！　とはいえ、オルケロンは再び北上してコンフォード村の方角に逆戻りする必要があります。そこからまたさらに海沿いまで歩かなくてはなりませんから、他の目的地を探した方がよいかもしれませんね」

僕の話を聞いて、アイラは何かを思いついたかのように瞳を輝かせた。

「わ、私！　オルケロンに行きたいな！　海があるならビーチもあるよね！　そこで遊んでみたい！」

「わたくしもアイラさんと同意見ですわ！　海は絵本の挿絵でしか見たことがありません！　大きな水たまりなんですよね！　ぜひ見てみたいです！」

「でも、そうするとまた少し逆戻りすることになるのよ？」

「そうだな、どうせこのまま冒険を続けるなら南部に向かった方がよいと思うが……他の海辺の国にもそのうちたどり着くだろうし」

レイラとギルネ様が難色を示すと、アイラはなにやら二人を手でこまねいた。

「お姉ちゃんたち、こっちに来て耳を貸して。あっ、ティムお兄ちゃんはそこで少し待っててね」

アイラは僕以外の女の子たちを周りに呼び寄せる。

そして、何やらこそこそと僕に内緒で話し始めた。

「みんな、よく聞いて……海沿いの国に行けばビーチがあるはず。そこで遊べばティムお兄ちゃんの水着姿が見られるんだよ？」

「み、水着……!?　あの、上半身が完全に裸になっている着衣のことか!?」

「ティムお兄様のたくましいお身体をまた見ることができるのですね!?　幼少期にお風呂に入った

とき以来ですわ……！」

「ティ、ティムが上半身裸⁉ ダ、ダメよ！ 刺激が強すぎるわ！ そ、それに私たちも水着になるってことでしょ⁉ 恥ずかしくてそんなの無理よ！」

「お姉ちゃん。ティムお兄ちゃんだって男の子だよ。きっと水着姿のお姉ちゃんを見たら嬉しいと思ってくれるよ！ お姉ちゃんに惚れちゃうかもよ！」

「そ、そうなのかしら？ ティ、ティムは喜んでくれるのかしら？ そ、そうだったら嬉しいけど……」

「確かに、ティムが手を出してくれるにはもう私も大胆な格好をするしかないか……」

「少ない布のみを身にまとって公衆の面前で……ティムお兄様と一緒でしたらそれは素敵なことですわ！」

しばらく何かをごにょごにょと話し合って、終えるとみなさんは笑顔で僕に向き直った。

そして、アイリとアイラが僕の左右の腕を片方ずつ握って上目遣いで瞳を潤ませる。

「ティムお兄ちゃん……私、オルケロンに行きたいなぁ」

「ティムお兄様、わたくしもオルケロンに行きたいです」

そして、ギルネ様たちとレイラも僕を説得し始めた。

「うむ、ティム。オルケロンには様々な種族が住んでいる、ティムはまだ獣人族《ビースト》しか見ていないだろうから、とりあえず他の種族も見て冒険者として勉強すべきだ」

「ティム、みんなもこう言ってることだし、オルケロンに行ってみてもいいんじゃないかしら？ あ、あくまでティムが冒険者になるための手段としてよ！ それ以外の意図はないわ！」

僕は考える。

（確かに、今までアイリはずっとお城に軟禁されててもっと色んなところを見てみたいはずだし、アイラも緊張続きでストレスが溜まってるはずだ……。それに、実は僕も海には興味がある。美味しい海鮮料理もギルネ様たちに食べさせてあげられるかもしれないし――）

「分かりました！　では、みんなでオルケロンに行きましょう！」

僕も同意すると、みんなは跳び上がって喜び始めた。

というか、アイリとアイラが僕におねだりしてきた時点で僕の心は決まっていた。

こんなに可愛い二人の妹のお願いを断れるはずがない。

「よし、これで半裸――じゃなくてアイラやアイリの喜ぶ顔が見れるな！」

「嬉しい！　すっごく嬉しいな～！　みんな、私の我儘に付き合ってくれてありがとう！」

「向こうに着いたら、みんなで海で遊びましょうね！　ふふふ、とっても楽しみですわ」

「そ、そそ、そうね！　海に……はぁ、もう緊張してきた。私、本当に耐えられるのかしら」

お互いにハイタッチをしながら喜び合うギルネ様たちを僕は微笑ましく見つめる。

そんな時、ふと気がついた。

（……ちょっと待って。海で遊ぶってことは……た、確かそういう時って『水着』を着ることになるんじゃ。直接肌に着る、あの薄っぺらい……）

ギルネ様たちの水着姿を想像してしまい、僕はすぐに頭をブンブンと横に振って煩悩を振り払う。

（いやいやっ！　なんて想像をしてるんだ僕は！　でも、も、もしかしたら本当にそうなって……！）

「ティムお兄様、突然頭を振ってどうされたんですか？」

「いや、アイリ！　何でもない！　何でもないよ！　じゃあ、みんなでオルケロンに向かいましょう！」

「おぉ！　ティムもやる気だな！」

不自然にやる気を出した僕を見て、アイラが耳元でボソリと囁く。

「ティムお兄ちゃん。お姉ちゃんたちの水着姿、楽しみだね！」

「ア、アイラ!?　な、何を言ってるのかな！　僕はアイラたちが楽しんでくれればそれで満足だから！　別に水着なんて――」

「ティムお兄ちゃん、ギルネお姉ちゃんの肌ってすべすべでモチモチなんだよ～。他のお姉ちゃんたちも凄く綺麗で――」

「ぶっ!?　だ、大丈夫！　アイラ、もう十分伝わったから！　と、とりあえずオルケロンに行こうね！」

燃えるように顔が熱くなるのを感じながら、僕は意地悪そうな笑みを浮かべるアイラの頭を撫でて誤魔化した。

第十一話　オルケロンへの旅立ち

「みなさん、今までありがとうございました！」

グラシアスの門の前で僕は獣人族《ビースト》のみなさんに頭を下げる。

王様のエドマンさんを筆頭に多くの獣人族《ビースト》の皆さんが門に見送りに来てくださっていた。

「何を言っているのだ。むしろ助けられたのはワシたちの方だ。国の一大事、いや、ティム殿一行がいなかったら滅びていただろう。ライオス様がやられたと聞いた時はもう終焉を覚悟したほどだ」

「……おい、エドマン。いつまでほじくり返す気だ？」

同じく見送りに来てくれていたライオスは不機嫌な表情で腕を組んでいた。

「ライオスさんは確か英雄を目指しているんですよね？　また、英雄になるために修行を続けるんですか？」

「いや、今回の件で英雄になることよりもグラシアスの防衛の方が心配になってきたからな。しばらくはここに残って兵士たちに訓練をつけてやるつもりだ。レイラやロウェルがいなかったら魔獣だけでもこの国は滅んでたかもしれねぇからな。俺を頼りにして、すっかり腕が鈍ってやがる」

「ライオスは意外と教え方が上手いから大丈夫よ！　もうちょっと親身に教えてくれてもよかった気がするけど」

「あんまり親身になったり近づいたりしたらお前の取り巻きが……いや、何でもない」

レイラは不思議そうに首をかしげた。

「雑用係君！　気を付けて行ってね！　本当は私も雑用係君の旅についていきたいんだけど。これからは頼りないライオスと一緒に獣人族《ビースト》たちを守っていかなくちゃダメだからね～」

そう言ってロウェル様は僕の手を両手で握りしめて別れの挨拶をする。

「ティムお兄さん、絶対にまたここに来てくださいよ！　約束です！」

ヘーゼル君も半分泣きながらそう言って僕の腰に抱きついた。

「うん、ありがとう！　ヘーゼル君とロウェル様もお元気で！」

僕は腰を少し落とすと、ヘーゼル君を抱きしめ返す。

「シュトラウスさんは復興が終わったら里に帰られるんですか？」

「うむ、吾輩も天才とはいえ、魔族に不覚を取る程度だ。戦いに身を投じればまた利用される恐れもある。そもそも、吾輩は家族が守れれば別にそれでいい、利己的な性格なのだよ」

そして、シュトラウスは髭をなでつつギルネ様に向けて人差し指を上げる。

「ギルネ君、君の雑すぎる魔力の扱いはこの一ヶ月の吾輩との修行でかなり改善されただろう。だが、それは元々ギルネ君の大雑把な性格が由来しているものだ。これからは生活態度を改めて――」

「おらぁぁ！」

「ぶっ――！」

ギルネ様はシュトラウスの顔面に拳を入れた。

綺麗に顎にキマり、シュトラウスは卒倒する。

「お前、ティムの前でなんてことを言おうとしてるんだ！　いや、ティム！　違うんだぞ、私は決してだらしない女ではないからな！　レイラたちと部屋を分けていたのはそういう理由からではない！　適当にタンスに何でもぶち込んだりはしてないぞ！」

「は、はぁ……」

「ギルネお姉ちゃん、ずぼらな性格よりも突然人を殴る性格の方にティムお兄ちゃんは引いてる気がするよ……」

「ティムお兄様、もしアイリも何か変なことをしそうになったらギルネさんのように遠慮なく顔面を殴ってくださいね！」

「アイリ、ギルネ様に憧れる気持ちは分かるけど、何もそこまで真似しなくてもいいんだよ？」

そして、レイラの周りには大勢のメイドや村人、兵士が集まりだした。

「レイラ様！　魔獣たちから私を守ってくださった御恩、一生忘れませんわ！　もうダメかと思ったらレイラ様が突如現れて、私を心配してくださって……」

「うぅ……レイラ様……どうかお気をつけて……！　毎日旅のご無事を祈っておりますわ」

「わたくしたちもレイラ様のように、強く美しくなれるように精進いたしますわ！」

レイラを見送りにきた大量の獣人族《ビースト》のみなさんは全員大号泣していた。

困惑しつつもレイラは対応する。

「あ、ありがとう！　嬉しいわ！　でも、あ、あまり近づかないで！　ドキドキしちゃうわ！」

「そうでした、レイラさんのお相手はもう——失礼いたしました、あまり近づいてはいけませんよね」

レイラのファンがほとんど女性であることに何となく安心しつつ、僕は囁く。

「レ、レイラ大人気だね」

「うん！　びっくりしたわ、みんな私が話しかけようとしたら逃げられてしまったり、怖がらせてしまって身体を震わせていたから、あまり好かれているとは思っていなかったんだけど……」

「それ、多分レイラに緊張しているだけなんじゃ……」

アイラが得意げに僕に耳打ちをする。

「ティムお兄ちゃん、私がグラシアス中の人に『お姉ちゃんはティムお兄ちゃんのモノだから手を出しちゃダメ』って言って回っておいたんだよ！」

「そ、そっか……アイラ、その……ありがとうね」

「うん！」

僕はついにアイラにお礼を言ってしまった。

「獣人族《ビースト》のみなさん、本当にお世話になりました！」

全員と思い思いの別れの挨拶をし、僕たちはグラシアスを出てオルケロンへと向かった。


グラシアスを出ると僕たちはオルケロンを目指して森の中を北北東へと進む。

コンフォード村からさらに東だからここから歩いて三日はかかるだろう。

僕は新しく手にした神器〝ゲンブ〟を構えて皆さんの先頭を歩く。

「みなさん、魔物が出てきたら僕に任せてくださいね！　神器も手に入れましたし、もうみなさんの足を引っ張ることもありません！」

「うむ、そうだな。私もレベルが上がったし、レイラもティムの料理のおかげかステータスがかなり伸びているな」

「あら？　ギルネもライオスみたいにステータスが見れるの？　それに、ティムの料理のおかげって？」

「ぼ、僕の料理を食べるとレベルアップした時のステータスの成長が何故か良くなるみたいなんだっ！」

「そうなのね！　ライオスもそんなようなことを私に言ってたけれど、ティムのおかげだったのね！　それなら、いっぱい食べてもいいのよね！」

レイラは嬉しそうにお腹をさすった。

僕は何とか自分の愛情やその他諸々が料理に注がれてしまっているせいだという恥ずかしい情報を隠す。

「ティムお兄ちゃんのステータスは伸びてないんだよね～？　一体何でだろうね～？」

アイラは何となく気が付いているのだろうか、ニヤニヤとした視線を僕に向けた。

「アイラはグラシアスでは毎日本を読んでいたんだよな？　何か良い本はあったか？」

「うん！　凄いお宝が眠ってたよ！　持って行っていいって言われたからティムお兄ちゃんにしまってもらってるけど、まだ解読中なんだ～。あと、よくアイリお姉ちゃんが一緒に遊んでくれたよ！」

「アイリは修行中の私やレイラにタオルを持ってきたり、水筒を持ってきたりしてくれて凄く助かったぞ！」

「いえいえ！　わたくしも微力ながらみなさんのお力になれて嬉しかったですわ！　これからわたくしはもっと皆様のお力になりますので、ご期待ください！」

アイリは胸を叩いて得意げになった。

「アイリ、意気込むのはいいけれどあまり前に出ちゃダメだよ？　僕の後ろにいて」

「ふっふっふっ、ティムお兄様！　アイリはもう守られるばかりじゃありません！　なんと、わたくしグラシアスに侵入していたスライムを一人で倒したんですよ！」

「えぇぇ!?　アイリが!?　う、嘘でしょ？」

「もし、わたくしが倒さなければきっと街に被害が出ていましたわ！　農作物も荒らされていたかもしれません！　そう、わたくしもティムお兄様のように人々を守ったのです！」

「あ、あはは……アイリったらスライムくらいで大げさだなぁ」

　そう言いつつも僕は内心で冷や汗を流す。

　魔石で魔獣化したヘーゼル君を弱らせたり、ロードランナーたちの身動きを封じたり、ゲンブさんをひっくり返したり、ギルネ様との合体技で魔獣を痺れさせて動けなくしたりはしたことがあるけれど、僕が本当に自分の力で倒せたことがあるのはまだリンハール王国の隣で戦った小さなスライムだけだ。

　つまり、今の僕の戦績はアイリと同じくらいだということになる。

　いや、僕はエナジー・ドリンクを使いサベージ・ウルフを倒してレベルが七まで上がっている。

　そのおかげで今はまだ僕の方が強いはずだ。

「ですから、道中で弱そうなモンスターが出てきましたらわたくしにお任せください！」

　でも、アイリは王家の血筋《ロイヤルライン》持ち、ステータス成長が促進される僕の料理も食べてるし一瞬で抜かれちゃう気がする……。

（マズい……このままアイリがモンスターと戦い始めると、アイリまで僕よりも強くなって僕は妹にすら守られることになっちゃう……。そ、そうだ――！）

「ぼ、僕には【調理時間《クッキングタイム》】という奥義がありますからね！　だからギルネ様たちはオルケロンまで大船に乗ったつもりでいてください！　モンスターは僕がやっつけます！」

僕はベリアルを倒した奇跡の技を思い出してみんなの前で胸を張った。

こうやってアピールすれば、道中のモンスターと戦わせてもらえて、そうすれば僕もレベルが上がってなんとかアイリには抜かされないようにできるはずだ。

「おぉ、ティム！　もしかして、こっそりと練習して使いこなせるようになったのか⁉」

「……え？」

「流石はティムだわ！」

「あ、あははは！　と、当然ですよ！　だから、みなさんまずは僕に戦闘を任せてみてください！この神器も使ってみたいですし！」

「ティムお兄様、凄いです！　やはり、わたくしなどまだ足下にも及ばないのですね……スライムを倒せたくらいで少し調子に乗ってしまいましたわ」

「ティムお兄ちゃん、無理はしないでね？」

僕は自信満々に青いフライパンを掲げた。

アイリが僕を慕ってくれているのはやっぱり強かった僕のイメージがまだ残っているからだろう。

もしこれで僕がアイリより弱くなっちゃうと尊敬だとかも無くなって——

「ティムお兄様、幻滅しました。これからは私がティムのお姉ちゃんになります。いいですね？ティム」

（お兄ちゃんを遂行できなくなる！　それだけは阻止しないと！）
アイラには見破られている気もするけれど、ギルネ様たちはキラキラした瞳を僕に向ける。
《おい、小僧？　何か無理をしていないか？》
《ゲンブさん！　こんなに期待した目で見られたら『実はまだ使えません』だなんて言えませんよ！　ぶっつけ本番で体得します！》
《なるほど、まぁ見栄を張りたくなるのが男の子じゃしなぁ……。いいか、もしピンチになったらワシの神技を使え。小僧のステータスは低いがワシが協力すれば【韻波句徒《ヴィラ・ゲンブ》】という初歩の技は出せるはずじゃ。噛んだり言い間違えたりはするなよ？　格好悪いからな》
《はい！　分かりました！》
ゲンブさんと心の声でやりとりをしていると、丁度魔獣が一匹飛び出してきた。
ハイ・ウルフだ、禍々しい瞳で僕に敵意を向けている。
「よし、僕におまかせください！　まずはリンゴを投げて……」
僕が【収納《ストレージ》】からリンゴを投げようとすると、その前にハイ・ウルフは僕の喉笛を狙って飛び掛かってきた。
「ティム！」
レイラの声が聞こえる。
まずい、このままじゃまたレイラに助けられて僕の情けなさが露呈しちゃう……！
そうだ、神技だ！　神器を使えばどうにかなるはず！

「あばばば！　えっと！　【韻波句徒《ヴィラ・ゲンブ》】！」

　襲われる寸前、僕が神技を叫びながらフライパンを振るとそれはハイ・ウルフの胴体に命中した。

　――その瞬間、フライパンが光を放ち、僕の手にはフライパンを叩きつけた力の数倍の衝撃が手に感触として伝わる。

「――ギャン！」

　僕にフライパンで叩かれたハイ・ウルフが上げた断末魔は一瞬で遠い音となって上空へと吹き飛んでいった。

　僕とギルネ様たちはそれを見て呆然とする。

「す、凄い……空の彼方に消えてっちゃったわ」

「と、とんでもない威力ですね……神技……」

「す、凄いぞティム！　これならティムももう十分一人前の冒険者だ！」

　なんとか倒せた……とはいえ。

　皆さんが褒めてくださる中、僕は膝を突いて謝った。

「す、すみません！　本当はまだ【調理時間《クッキングタイム》】は習得できていないんです！　つい見栄を張ってしまって」

「いや、いいんだ。ティムも強くなって私たちを守りたいんだろう？　気が早まっただけさ。きっと、私たちが考えていることは全員一緒だな」

　そう言って、笑ってくれた。

「うぅ、すみません、ありがとうございます！　……【調理時間《クッキングタイム》】も僕が上手く料理を意識できれば発動できると思うんですが」

僕が立ち上がって、足元に付いた土を払うと、レイラは首をかしげる。

「思ったんだけれど、ティムって別に料理に限らず雑用している間は凄く速く動いているわよね」

「確かにそうだな。【調理時間《クッキングタイム》】というより【雑用時間《サーバントタイム》】だ」

「えっ⁉　そうなんですか⁉　いつも集中していて気づきませんでした」

「じゃあ、ティムお兄ちゃんが時間を遅くするスキルは別に料理に限定する必要はないってことじゃないかな」

「モンスターとの戦闘を『料理』だって思うのは大変だけど、世の中を綺麗にする『お掃除』だって思えば上手くいくかもしれないわ」

「そうだね！　よし、じゃあ次はモップで！　ふふふ、見ていてくださいよ！　僕はもっともっと強くなってみせますから！」

神器で調子に乗り、意気込んだ僕だったけれど、アルミラージにあっけなく押し倒されてまたレイラに助けられてしまった。

僕が落ち込んでいると、ギルネ様は一生懸命僕を励ます。

「大丈夫だ！　ティムの事だからな。今は使えなくても、きっとまた絶体絶命のピンチだとかに発動できるだろう！」

「う〜ん、ティムお兄ちゃんの能力は『奉仕』に由来しているから、やっぱり誰かの為とかじゃないと上手く発動できないのかなぁ」

そんなアイラの考察を聞きながら、僕たちはオルケロンへと向けて冒険を続けた。

第十二話　多種族国家、オルケロン

グラシアスを出発してから三日目のお昼過ぎ。

森を抜けると、ついに目の前に海が広がった。

「凄い……！　本当に見渡すかぎりの水ですよ！　これは全部塩水なんですよね！」

「すごいすご〜い！」

「だが、このまま入ると海にいる魔獣の餌だからな。今はまだ我慢だ。オルケロンを目指そう」

そうして、海を右手に少し歩くと、シンシア帝国やリンハール王国よりも高く大きな壁が見えてきた。

「あの国がオルケロンですね！」

「コンフォード村から割と近い位置にあったたな」

「そうですね！　ヘーゼル君の話だと村の人が近寄ったりしたことはないそうです。ただ、王都とコンフォード村の道中にある交差した道がこの国と南部の国々をつないでいるようで、活発な交易都市なんだそうですよ！」

「どの馬車も私たちには目もくれずに走り去って行ってしまわれましたが」

「あはは、一緒に乗せてくれてもよかったのにね」

「まぁ、森の中を走るというだけでリスキーだしな。馬車を止めるということは魔獣に襲われる命取りになるのかもしれん。山中で話しかけてくるなんて山賊くらいだろうしな」

「交易都市ってことは中でいろんな物を作ってるのかしら？」

「海に面しているし、大きな山もあるみたいだよ！　確かに資源は豊富そうだね！」

僕たちは壁を右手にぐるりと回りながら入り口を探した。

やがて、門を見つけ、その前では斧を持った二人組のドワーフが門番をしていた。

「お前たち、なんの用だ？」

「馬車を失った商人のようには見えないが」

初めて見る筋骨隆々のドワーフに気おされつつ僕は答える。

「あっ、はい！　僕たちはオルケロンに観光にきました！　綺麗なビーチがあると聞いたので！」

「なるほど、観光客か。いいだろう、入国費用は一人一万ソルだ」

「お、お金がかかるんですか⁉」

「あぁ、そうだ。リゾート地でもあるからな、中に入ったらもっとお金がかかるぞ？」

リンハールでの旅支度でお金を使いこんで以来、僕たちはお金を持っていない。

壊滅状態になったにもかかわらず僕たちをひと月も泊めてくれていたグラシアスからお金を受け取ることなんてできなかったし。

僕たち五人で五万ソル……とても足りなかった。

「あ、後払いではダメですか？　中に入ったら僕がクエストを受けてお金を稼ぐので！」

「この国に冒険者ギルドはねぇ。そもそも王様がいねぇからモンスターを討伐しても報奨金なんてでねぇしな。オルケロンの名物は俺たちドワーフが作り上げたこの強固で高い『ドワーフの壁』だ。これがあればモンスターなんて入ってこれねぇからダンジョンを攻略する必要もねぇのさ」

「近くに大きな国があってもコンフォード村の周りがモンスターだらけで危険だったのはこういうわけだったんですね」

「冒険者がいないのか。来るのは森を自力で抜けられる腕の立つ商人とそれに乗ってきたお金持ちの観光客くらいか」

「それに、おまえら人間族《ヒューマン》だろ？　なおさらこの国では働きようがねぇな。さぁ、金がねぇなら帰った帰った！」

門番たちにそう言われ、確かに丈夫そうで高い壁を見上げていると、綺麗な羽を持った妖精族《フェアリー》が壁を飛び越えてオルケロンの中へと入っていった。

「い、今妖精が中に入っていきましたよ！　勝手に！」

「あぁ、妖精族《フェアリー》はいいんだ。あいつらは手先が器用でな、それに空を飛べるなら配達の仕事もできる。人間族《ヒューマン》と違って役に立つんだよ」

「ぼ、僕たちだって役に立ちますよ！　お願いします！　入れてください！」

「そうだ、妖精は勝手に入れるけど私たちからは金を取るなんてズルいぞ！」

ギルネ様は強気で腕を組んだ。

すると、片方の門番が何やら意地悪そうな笑みを浮かべる。

「そうだ、妖精族《フェアリー》がズルいっていうなら条件を同じにしてやるよ！　お前たちも勝手にこの壁を越えてオルケロンに入ればいい」

「おお、それはいいな！　ほら、これなら条件は一緒だろ？　オルケロン名物のドワーフの壁を越えてみな！　そしたら俺たちも入国を許可するぜ！」

不可能と思われる条件にレイラが怒った。

「こんなに高い壁、無理に決まってるじゃない！」

「そうですわ！　いじわるしないで入れてください！」

「ティムお兄ちゃん、どうしよう～？」

僕は壁を見て考える。

「……これを越えて入ることができたらいいんですよね？」

「あっはっはっ、いいぜ！　羽でも生えてなくちゃ無理な話だがな」

「分かりました！　皆さん、僕に考えがあります！」

僕は壁に近づくと、右手にトンカチ、左手にのこぎり、そして釘を【生成《ジェネレート》】して口に咥えた。

そして、スキルを発動する。

「《工作スキル》！　【建築《ビルド》】」

木材を出しては加工して次々に台を作ってつなげていった。

そして、壁に沿った形の階段を作っていく。

「これで階段を上がっていけばオルケロンに入れますよ！」

「流石はティム！　これなら壁を越えられるな！」

僕たちを見て、ドワーフの二人は口を開いたまま固まった。

「おいおい、そんなのありかよ……というか、どうなってんだ？」

「あっはっはっ！　これは認めざるを得ねぇ！　いいぜ、お前たちはオルケロンに入る資格がある！　賭けに負けたんだ、入国金は俺らが支払ってやるぜ！」

「そうだな、キャッチしてやるから足場が崩れて落ちそうになったら大声を上げろよ！　何度でも挑戦していいぜ！」

「ご心配なく！　足場を補強しつつ壁とつなげて作っていきますので、高く積み上げても足場は崩れません！　上に上り終えたら足場は消しますね！」

「うむ、確かに足場はしっかりしているな」

「みんな、落ちないように気を付けてね！」

「アイラさん、手をつないで上がりましょう！」

「ティムお兄ちゃん凄ーい！」

そうして、僕たちはオルケロンを囲うドワーフの壁を登り切った。

壁の上からオルケロンの国全体を見下ろす。

「うわ～！　凄い、ごちゃごちゃしてる～！」

オルケロンはさまざまな建物やお店のようなものが乱立していた。

綺麗なビーチではヒレの付いた尻尾を持つ人魚族《シャーク》が漁をしていて、鉱山では剛腕族《ドワーフ》たちが不安定な足場で採掘作業をしている。町では小さな身体の妖精族《フェアリー》がパタパタと走り回り、森守族《エルフ》は食材を運んでいる。

「人間族《ヒューマン》じゃない方たちが沢山ですね～」

「そうだな……で、ティム？　私たちはどうやってここから降りるんだ？」

「あっ、そうですね！　えっと、時間はかかりますがまた今度は下り階段を作ればいいかな」

「あっ、ティムお兄ちゃん！　じゃあ落下傘《パラシュート》を作ろうよ！」

「落下傘《パラシュート》？　アイラ、何それ？」

「ゆっくりと降りることができる道具だよ！　壁沿いだから少し工夫した形にしないとダメだけど……ティムお兄ちゃんは自由に布を作れるから私の指示通りに作れば大丈夫なはず！」

そうして、僕はアイラに教えてもらいながら落下傘《パラシュート》を作っていった。

「よし！　これなら安全に降りられるよ！　あっ、でも絡まったら大変だから一人ずつ降りてね！」

「こ、これならここから飛び降りても平気なの⁉　ほ、本当に⁉」

「うん、空気抵抗も計算したし、風もないし大丈夫だよ！　じゃあ、ティムお兄ちゃん！　わたしたちから行こう！」

（こ、怖い……いや、アイラを信じるんだ……！　それにいざとなったらスライムの死骸を使ったクッションでも出せば怪我をせずに着地できるはず！）

「では、みなさん僕たちはお先にいきます！　僕がちゃんと着地できたら続いてください！」

僕はアイラを抱えたまま思いっきりジャンプした。

「それ！」

そして、アイラが僕の胸元の紐を引っ張ると落下傘《パラシュート》が広がる。

アイラの計算通り、僕たちの身体は浮き上がり、ゆっくりと下降していった。

「うわぁ～、凄い気持ちい～！」

「ア、アイラ！　あまりはしゃぎすぎないで！　お、落ちちゃうから！」

そうして僕たちは全員、オルケロンの裏町へと無事に着地することができた。

「落下傘《パラシュート》、かなり気持ちがよかったな！　ティムは降りてくる私とレイラを途中まで見守っていたのに近づくと視線を逸らしていたが何か意味があったのか？」

「い、いえ、その下から見てしまうと――な、なんでもありません！　みなさん怪我無く降りられてよかったです！」

「すっごく面白かったですわ！」

「アイリお姉ちゃんはギリギリまで開かなかったから凄く心配したよ！」

「ご、ごめんなさい。このまま開かなかったらどうなるんだろうと好奇心が生まれてしまって……」

「死んじゃうわよ!?　いえ、死なないんでしょうけど！」

危なっかしすぎるアイリにため息を吐くと、僕は気を取り直す。

「では、さっそくビーチに行って使わせてもらえるか聞いてみましょう！」

僕たちはオルケロンの北東、海に面してる場所へと向かった。

「――これは、やっぱり自由に入ったりはできないんですね」

そこには金網のフェンスが並んでいた。

綺麗な砂浜がその先にあるが、侵入することはできない。

「あらあら～？　みんな～、お客さんよぉ～！」

僕たちが金網の隙間から綺麗な砂浜とその先の海を見ていると、向こうにいる人魚族《シャーク》の女性に見つかり、仲間を呼ばれた。

そして、瞬く間にぞろぞろと集まってきた。

「きゃー、可愛いお客さんたち！」

「ビーチで遊びたいの⁉　いいわよ！　お姉さんとも遊びましょう！」

人魚族《シャーク》は先端にヒレの付いた尻尾があり、ここに集まった方たちはみんな若い女性だった。

水中でも呼吸が出来て、泳ぎが得意な種族だ。

アイリの話によると、大昔は足も生えていなくて下半身が魚と同じだったらしいけれど、目の前の綺麗な素足をみると僕たちとほとんど変わらない。

そして、海で効率的に作業をするためだろう。

身に付けているのは水着と呼ばれる例の小さな布のみで――。

（ま、マズい……！　そんなに肌を露出されると、目のやり場が……）

「ティムお兄ちゃん！　お姉ちゃんが鼻血を出して倒れちゃった！」

「えぇっ⁉」

「まぁまぁ、日射病かしら⁉　大変だわ！　そこにある海の家ですぐに休ませましょう！」

僕もまさに鼻血を出して倒れてしまいそうだったけれど、レイラへの心配が勝ってそれどころではなくなった。

僕は急いでレイラを抱えると、人魚さんたちに案内をしてもらって涼しい『海の家』にレイラを寝かせてもらった。

「レイラ、最近は調子がいいから油断してたけどまた鼻血を出しちゃったね」

「今日は特に暑いからね～。気を付けないといけないわ。水着を着て過ごしちゃうのもありかもしれないわ」

「レイラも、みなさんと同じように水着を……⁉」

僕がたじろぐと、人魚さんたちは何やら意地悪そうな笑みを浮かべる。

「どうしたのぉ、君？　別に水着なんてここじゃ普通の格好よ～？」

「そうそう、なんでそんなに顔を赤くしてるのかなぁ～？」

そう言いながらみなさん、僕に身体を寄せる。

「や、やめろお前ら！　そんな格好でこれ以上ティムに近づくな！　この毒婦たちめ！」

「あはは～、ごっめ～ん！」

ギルネ様がすぐに僕と人魚さんたちとの間に割って入ってくれた。

た、助かった……。

そんなやりとりをしていると、海の家の奥から濡れたタオルを持ってひときわ綺麗な人魚さんが出てきた。

「こらこら、あなたたち。お客様になんてことをしているの」

そう言って人魚さんたちに注意をしつつレイラのおでこに濡れタオルを乗せる。

「ごめんなさいね、みんな、上着を着てあげましょう」

「え～、面白かったのに～」

「イジワルするのはやめなさい」

そう言うと、みなさんは水着の上に薄い色の付いた透明な上着を羽織ってくれた。

素肌が直接見えなくなった分結構マシだ、これなら大丈夫……ギリギリ。

僕は気を取り直し、みなさんの身体はできるだけ見ないようにして相談した。

「僕たち、ビーチで遊ばせてもらいたいんですが……」

「もちろんオッケーだよ！　一緒に遊ぼうね！」

「こらこら、勝手に決めないの。こっちも商売なんだから。族長である私、カトレアが判断します」

そう言うと、人魚族《シャーク》のみなさんは集まり、なにやらこそこそと話し始めた。

そして、話し合いが終わるとカトレアさんが言う。

「ビーチの使用料は三十万ソルになるわ」

「さ、三十万だと⁉」

「ど、どうしてそんなに高いんですか⁉」

「海にも魔獣は生息してて実は凄く危険なの。私たちはビーチを使うお客様をそんな魔獣たちから守って安全に楽しんでもらう必要があるわ。そうなると、当然ビーチに魔獣が入り込んでこないように私たちが守っておく必要があるし、しかもその間漁業も出来なくなる。私たちが魚や魔獣を追い回しているうちにビーチの方に逃げて行っちゃうこともあるからね」

「つまり、人件費と機会損失の補填ということか」

ギルネ様は納得の表情で頷いた。

「そういうこと！　正直、三十万ソルでも私たちにほとんど利益はないんだけれど、まぁ、貴方たちの可愛い水着姿が見れるならいいよねってことで私たちの意見もまとまったわ」

「ち、ちなみに人魚族《シャーク》は女性しかいないんですか⁉」

「あら？　見るのは初めてかしら？　そうよ、人魚族《シャーク》は女性しかいないわ」

「そ、そうですか……女性だけ……」

(よかった……ギルネ様たちの水着姿なんて、他の男の人に見られたら大変だ)

僕がそんな風に安心していると、ギルネ様は不機嫌そうに頬を膨らませた。

「ティム……そんなに人魚族《シャーク》が女性ばかりで嬉しいか？　私は複雑な気持ちだぞ」

「い、いえっ！　そういうわけでは……！　そ、そうだ！　レイラが回復したらひとまず今日の宿を探しましょう！」

勘違いをされてしまったけど、僕の意味の分からない本心を語るわけにもいかないので僕は慌てて話を逸らした。

第十三話　アルバイトをしよう！

「はぁ～どうしましょう」

憧れの浜辺を宿の窓から見下ろしながら、僕たちは途方に暮れる。

この宿ですら四人部屋が一泊一万五千ソル。

しかも、本来の宿泊費は二万ソル。

この宿屋はたまたま人間族《ヒューマン》が経営していたので同属のよしみとして値下げをしてもらっているけど、コンフォード村でロウェル様からいただいてしまっていた三万ソルがなかったら僕たちは今日の宿すらなかったことになる。

咄嗟に収納していることを思い出したけれど、結局ロウェル様には返せずにここで使って助けられてしまったなぁ……。

僕が宿のお手伝いをすればこのまま安い値段で連泊させてもらえそうだけど……それでも明日泊まったらほぼ無一文だ。

みんなで部屋のベッドに腰かけると、ギルネ様は腕を組んで頭を悩ませた。

「海にだって魔獣はいる。浅瀬にまで来るのかは分からないが、安全に遊ぶためには確かに人魚族《シャーク》の協力が必要だ。だがしかし、まさかそれが人件費としてかかってくるとはな……」

「う〜ん、三十万ソルかぁ」

「安全に遊ぶためには確かに仕方がないことだと思うわ。私もアイラやアイリちゃん、ティムをずっと守れるとは限らないし……海中に引きずり込まれでもしたら大変だわ」

「レイラ、僕も保護対象なんだね……」

人知れず落ち込んでいると、アイラとアイリも各々意見を述べてくれた。

「それに、ティムお兄ちゃんの〝神聖〟はモンスターを惹きつけちゃうからね〜。ギルネお姉ちゃんの雷は海じゃ私たちまで感電しちゃうし……」

「確かに、雷は皆さんには少しハードですわよね……私は受けてみたいくらいですが。ティムお兄様、アイリは海が見れただけで満足ですわ！」

「うん、私も大丈夫だよ！　ティムお兄ちゃんの冒険を足留めするわけにはいかないもん！」

そう言って、二人は健気に遠慮しようとしていた。

でも、僕とレイラ、ギルネ様が考えていることは同じだった。

もうアイリに我慢はさせたくないし、アイラが思い切り海で楽しむ姿が見たい。

僕は二人に語りかける。

「アイラ、アイリ……。僕は人々を幸せにしたくて冒険をしてるんだ。もちろん、ここにいるみんなのこともね。いや、むしろアイラたちのことはもっと幸せにしたい。これも僕の旅の目的なんだ、足留めなんかじゃないよ」

「ティムお兄ちゃん……」

「そのとおりだぞ、二人とも。そしてティムのことは私とレイラの二人で責任を持って幸せにするから心配しなくても大丈夫だ」

「そうそう！　ティムのことは任せて！　絶対に幸せにするわ！」

ギルネ様とレイラはそう言って得意げになる。

お二人とも、深い意味はないんだろうけど愚かな僕は顔が熱くなった。

というか、ギルネ様と冒険させてもらっているだけで僕はもう十分幸せなんだけど。

「じゃあ、まずは働き口を探します！　宿屋の方に聞いてみましょう！」


「――無理ね」

意気揚々と宿屋の看板娘、ヘルミナさんに相談を持ちかけた僕たちは一蹴された。

彼女は忙しそうにシーツを折りたたみながら僕たちと会話を続ける。

「人間族《ヒューマン》が働かせてもらえる場所はないわ。だから、今は人間族《ヒューマン》の出稼ぎは門ではじいているのよ。宿屋なら働かせてもらえるかもしれないけれど、今はどこも働き手は十分に足りているはずよ。もしも採用するなら今いる誰かを追い出すことになっちゃうしね」

「……そ、そうですか」

僕の雑用スキルがあればまた宿屋を繁盛させることができると思ったけど、それで失業者が出てしまうのはよくない。

人手が足りてないところに行かないと……。

「一応、どこもかしこも人手は足りてないみたいだけれど、それでも人間族《ヒューマン》は種族としては見下されているからきっとどこも採用してくれないと思うの」

僕の考えを見透かしたようにヘルミナさんは続ける。

「飲食店を経営しているのは主に森守族《エルフ》、同族意識が強くてプライドが凄く高いわ。服を作っているのは妖精族《フェアリー》で、高い《裁縫スキル》がないと商売にならないし、鉱山を取り仕切っている剛腕族《ドワーフ》はとにかく足腰が強くてタフな人材を求めているわ。でも、剛腕族《ドワーフ》なんかと比べられちゃうと無理よねぇ」

そう言って、ヘルミナさんは視線を動かして僕の身体を上から下へとジロジロと見ていった。

旅をしながら鍛えてはいるけれど、確かに僕の身体なんて剛腕族《ドワーフ》と比べてしまうと華奢で、鉱山で働けるほどではないのかもしれない。

ヘルミナさんは引き続き僕のことをジロジロと見ると、なにやら小声で僕に話す。

「ま、まぁそんな貴方にもお金を稼ぐ方法はあるんだけど……。私も毎日働いてばかりで色々と溜まっちゃってね。今夜、私の部屋に来てくれたら――」

「ティム、諦めるにはまだ早い！　早速外で働き口を探すぞ！」

「わわっ!?　ギルネ様、まだヘルミナさんの話の途中ですよ!?」

ギルネ様は僕の腕を掴むと、ヘルミナさんをにらみつける。

疲れが溜まってるみたいだから、マッサージでもしてくれと言ってくれそうな雰囲気だったけど。

「あらあら、残念ね。行ってらっしゃい、せいぜい頑張って。仕事が見つからなかったらまた相談してちょうだい」

ヘルミナさんは妖しく舌なめずりをすると、手を振りながらにこやかに僕たちを見送った。


「えっと、ヘルミナさんのお話をまとめると……この国の主な産業には飲食店と衣服店と鉱山での鉱石の採掘があるんですよね」

「それと、海では人魚族《シャーク》が漁をしているな」

「とはいえ、わたくしたちは人魚族《シャーク》のみなさんみたいにヒレの付いた尻尾もありませんし、水中では呼吸もできません。やっぱり働くならその三か所になるのでしょうか……」

「う〜ん、ビーチの使用料が高いのは魔獣が襲って来ないように人魚族《シャーク》が守る人件費のせいだし、人魚族《シャーク》と仲良くなれたらいいんだけど……」

アイラがそう呟くと、レイラは決心したような瞳で僕を見た。

「ティム、私が人魚族《シャーク》と仲良しになってみるわ！　私ならお仕事も手伝えるかもしれないし！」

「えっ、でも大丈夫？　レイラはあまり他の人が得意じゃないし、さっき人魚族《シャーク》を見たときも何だか人見知りを起こしちゃってたように見えたけれど……」

「だ、大丈夫よ！　私もその……色々と慣れておきたいの。あまり恥ずかしがってばかりじゃこれからも迷惑をかけちゃうわ」

「そんな！　気にしないでよ、僕は迷惑に思ったことなんて一度もないよ！」

僕は慌てて否定する。

「そ……それに海に入るってなったらギルネの水着姿も見ることになる……絶対に今のままだとまた鼻血を噴き出して気絶しちゃうわ……せめて水着を着ている女の子に慣れないと……」

レイラは小声で何かをぶつぶつと呟きながらやはり決意したように拳を握った。

「ティム、獣人族《ビースト》に扮した時もそうだけど、私は他の種族と溶け込むのが上手いと思うの。ここは任せて！」

確かに、レイラは最終的に誰よりも獣人族《ビースト》と仲良くなっていた。

変装している時も本物さながらの演技ができていたし、それに人魚の皆さんは悪い人たちではなさそうだった。

本人も自信があるならお願いしてもよさそうだけど……。

「でも、お姉ちゃんはあまり人に近づかれるのは苦手でしょ？　それに、人魚族《シャーク》って何だか凄くお姉ちゃんになれなれしかったし――」

「私、ギルネやアイリちゃんともっと仲良くなりたいの！　でも、今のままだとどうしても私は逃げてしまうわ。だから、私もこの国で成長したいの！」

「レイラ……！　そう思ってくれてたんだな！　嬉しいぞ!!　私もレイラと一緒にお風呂に入ったり一緒に寝たりしたいからな！」

ギルネ様は瞳に涙を浮かべてレイラに抱き着いた。

レイラは顔を真っ赤にしてプルプルと震えている。

「ギ、ギルネ様そのへんで……レイラ、無理はしちゃダメだよ？」

「ありがとう、ティム！　そういうわけで、私はもう一度ビーチに行ってみるわ！」

レイラは決心すると拳を握った。

「では、僕は飲食店と衣服店と鉱山を順番に当たってみます。ギルネ様はその間アイリやアイラと一緒にいていただいてもいいですか？」

「もちろんだ。私も働かせてもらえそうな場所がないか少し国を見て回るよ」

そう言うと、二人は元気よく手を挙げた。

「私、文字の読み書きを教えたりできるよ！　そういうお仕事できないかな!?」

「わたくしを見世物にするなんてどうですか!?　世にも珍しい、すぐに傷が治る不死身の身体を持つ女性として、ティムお兄様がわたくしの身体を痛めつけて実演するんです！」

「……ギルネ様、くれぐれもアイリをよろしくお願いいたします！　アイリ、絶対に危険なことはしちゃダメだよ！」

また、思い切ったような提案をするアイリを宥めつつ僕はギルネ様に二人を任せる。

「任せておけ！　アイラもアイリも私が命に代えても守ってやるからな！」

そう言って、ギルネ様は二人と手をつないだ。

僕はギルネ様にこっそりと耳打ちをする。

「ギルネ様、お仕事でしたら本当に心配はなさらず。アイラとアイリを楽しませてあげてくださると嬉しいです」

僕がそう言うと、ギルネ様は返事をする代わりに柔らかな笑みを向けた。

役割が決まったところで僕たちは宿屋を出てそれぞれ別れた。

第十四話　それぞれのアルバイト

私はアイリとアイラの手をつないで一緒に大通りを歩いていた。

「わたくし、みなさんの為でしたら何だっていたしますわ！　さぁさぁ、ギルネさん！　お仕事を探しましょう！」

「アイリ、力になりたい気持ちは分かるが頑張りすぎるのもよくないぞ」

「そうだね、きっとティムお兄ちゃんも私たちには楽しんでいてもらいたいくらいなんじゃないかな？」

「あはは、アイラにはお見通しか。そうだな、じゃあビーチで遊べるようになったら何をするかみんなで計画を立てよう」

「それならわたくしは砂に埋められてみたいです！」

「私はスイカ割りをしてみたいな〜。ギルネお姉ちゃんは？」

「そうだな、私は大胆な水着でティムを――」

その瞬間、目の前をアイラくらいの身長の猫が大きなカバンを背負って横切り、路地裏へと駆けて行った。

「お、大型猫ちゃん!?」

私は思わず呟いて足を止めた。

「ギルネお姉ちゃん、今のは妖精猫《ケットシー》だね。見に行きたい？」

「いやいや！　路地裏に行くのは危険だ！　アイリとアイラをそんなところには連れて行けん！」

私は全力で理性を働かせて魅力的な誘いを断る。

そんな様子を見て、アイラはアイリと目を合わせると、何やら頷き合った。

「ギルネさん！　わたくし今の猫さんに会ってみたいですわ！」

「ギルネお姉ちゃん、私も！　追いかけてみようよ！　ギルネお姉ちゃんは強いから路地裏に行くくらい大丈夫だよ！」

「そ、そうか!?　二人がそうしたいなら仕方がないな！　今の猫ちゃんを追いかけよう！　二人とも、転ばないようにな！」

私は二人の手を引いて路地裏へと速足で向かった。


「う～ん、ダメにゃ～。こんなんじゃロクな物ができないニャ～。完全に行き詰まったにゃ～」

そんな呟きをしながら何やら身の丈ほどの鞄に半身を突っ込み、鉄くずや鉱石を取り出す。

何をしているのかは分からないが、妖精猫《ケットシー》の動作はとにかくもう全てが愛らしかった。

それに凄くモフモフしていて、気が付くと私は——

「猫ちゃん～!! もふもふ！ もふもふ！ すーはーすーは！」

背後から抱きしめてその体に顔を思い切り埋め、匂いを堪能していた。

「うわわ！ こいつ、何だにゃ～⁉」

「お前が何なんだ～！ めちゃくちゃ柔らかくて、もふもふで、ちょっと獣臭くて、最高か！」

「く、臭くないにゃ⁉ 勝手に抱き着いて失礼な奴にゃ！」

「ね、猫さんごめんなさい！ ギルネお姉ちゃんはちょっと猫に目が無くて……」

「ギルネさんがこんなに幸せそうで……良かったですわ！」

「良くないにゃー！ 暑苦しいにゃ！ 放すにゃ～！」

私はしばらく我を忘れてこの大型猫ちゃんに頬を擦り付けたり、思いっきり吸ったりして堪能していた。

気が付いた時には、げっそりとしたこの猫が私の腕に収まったままだった。

「こいつ、抵抗して足で踏みつけても嬉しそうにするから無理にゃ。無敵にゃ。もう好きにするがいいにゃ」

「肉球まで押し付けてくれるなんて、むしろご褒美だ！」

「ギルネお姉ちゃん、肌がいつも以上にツヤツヤになってる……」

「すみません、猫さんありがとうございます。物珍しいものでつい……」

テンションが上がったせいでおかしくなってしまった私の行いをアイラとアイリが代わりに謝る。

私も謝りはしたが、猫ちゃんを抱えている腕は放さなかった。

「で？　お前らは誰にゃ？　妖精猫《ケットシー》が珍しいってことは他国からの訪問者かにゃ？」

また少し暴れたが、私の抱擁からにげることは諦めたらしい。

猫ちゃんはそのまま私たちに質問をする。

「あぁ、仕事が欲しいんだ。雇ってくれないか？　お金がないんだ、まさしく猫の手も借りたいというやつだ」

「ギルネお姉ちゃん、意味が微妙に違うような……」

「お前、めちゃくちゃ過ぎるにゃ。面接で試験官を全力でモフってくるような奴を採用すると思うかにゃ？」

「妖精猫《ケットシー》さんたちはこの国ではどんな商売をされているのですか？」

「にゃーたちは魔道具を作って売っているにゃ。あと、にゃーにはジャックという男らしい名前があるにゃ」

「よし、なら適任だな！　私は魔導師だ、魔力を使うならお手の物だぞ！」

私が胸を張ると、ジャック――もとい猫ちゃんは目を細めて首を横に振った。

「残念ながら、にゃーが目指しているのは『魔力がない者でも扱える魔道具』にゃ」

「魔力が要らない魔道具？」

「にゃー。この近くに獣人族《ビースト》が住んでいることは知っているにゃ？　彼らは魔力を持たないから未だに原始的な生活をしているにゃ。だから、魔力の必要がない便利な道具を開発して、魔道具を使っている種族と同じような生活をさせてやりたいんだにゃ～」

「なるほど、しかし獣人族《ビースト》はほとんどお金を持たない種族のはずだが、商売になるのか？」

「にゃーが欲しいのはお金じゃないにゃ。昔、この国に移住してくる途中で獣人族《ビースト》に助けてもらった恩があるにゃ。だからにゃーはどうにか獣人族《ビースト》にそのお礼をしたいんだにゃ」

「猫の恩返しというわけだな」

「だから、残念ながら魔導師はお呼びでないにゃ。にゃーは魔力に代わるエネルギーを探しているにゃ」

　そう言うと、アイラは何かを思いついたかのように手を叩いた。

「ギルネお姉ちゃんの〝雷〟はどうかな？」

「雷？　お前、雷が出せるにゃ？」

　アイラが思い出しながら説明を始めてくれる。

「確か、私が読んだ文献に書いてあったんだけど。昔は『電気』と呼んで雷の力を利用していたことがあったみたいだよ。電気を作るには強い電磁石が必要で、その電磁石を作るためには雷みたいな凄く強い電流が必要になるから本来なら簡単には作れないんだけど――」

「私なら自由に強力な雷を使えるから、その電磁石も作れるってことか？」

「そうだね！　電気を作り出す装置は電磁石を手で回して『発電』する必要があるんだけど、

獣人族《ビースト》なら力持ちだしきっと問題はないかな」

「にゃ⁉ 本当かにゃ⁉ 魔力を持ってない者でも使える装置が作れるにゃ⁉」

「うん！ 昔は『機械』って呼ばれてたみたい。手回し発電で動かせる魔道具、ギルネお姉ちゃんがいれば作れるよ！」

「凄いにゃ！ さっそく、作るにゃ！ それならお前らにも仕事をやるにゃ！」

そうして、私とアイラとアイリはこの国でしばらく妖精猫《ケットシー》のお手伝いをすることになった。


「よ、よし……！ 心の準備ができたわ！」

私は一人、再びまたあのビーチに戻ってきた。

初めて人魚族《シャーク》たちが着ている水着というモノを見たけれど、あれじゃ下着とほとんど変わらない。

あんなモノだけを身にまとったギルネやアイリちゃん、それに私もそれを着てティムの前に……。

（絶対に興奮して大変なことになるわ！ とりあえず、人魚族《シャーク》のみんなを見させてもらって慣れなくちゃ！）

人間族《ヒューマン》は見下されているって言っていたけれど、人魚族《シャーク》のみんなは私たちを見てそんな風には感じなかった。

きっと、友達になれるはず……。

私がビーチの鉄格子から中の人魚たちを見ていると、すぐに彼女たちは私に気が付いて寄ってきた。

大丈夫、獣人族《ビースト》だって薄着の人はいたしこのくらい……このくらい……。

「あなた、昨日の赤髪の子よね～。なになに？　どうしたの～？」

「あ、あわわ……あわわわわ……」

迫りくる水着姿の人魚たちに私は再び狼狽してしまった。

獣人族《ビースト》の比じゃないほどの肌色が私の前に広がっていた。

「そ、そそ、相談したいことがあって！」

私はどうにかそれだけ絞り出すことができた。

ビーチをもう少し安く使わせてもらう糸口があるかもしれない。

しかし、私は次の言葉が出て来ず、ただただ顔を熱くして水着姿の彼女たちの前で目を回してしまっていた。

そんな私を見て人魚たちはヒソヒソと話し合う。

「相談だって」

「何の？」

「ほら、分からないの？　女の子がこんなに赤くなってるんだからアレよ。恋愛相談よ」

「えっ！　もしかして昨日の金髪の子と⁉　こ、これは詳しく話を聞かないとダメね！」

人魚たちは何やら話し合いを終えると、満面の笑みで鉄格子を開いて私の両腕を掴み、ビーチへと引き入れた。

ギルネ様たちと別れたあと、僕は働き口を探して繁華街を歩いていた。

（何とか、今日から働かせてもらってお金を手に入れないと……ギルネ様たちは宿で寝かせてさしあげたいし、海で遊ぶ前にこの国での滞在費を稼がなくちゃ）

まず、雇ってもらえそうなのは僕の《料理スキル》が活用できそうな飲食店。

僕は手当たり次第にお願いをしに行く。

でも、どこに行っても人間族《ヒューマン》の僕は森守族《エルフ》の皆さんが経営する飲食店では話すら聞いてもらえなかった。

最後に、僕は一番大きなレストランの前に来ていた。

お洒落な衣服店の隣にあるお店。

店名は『ダイナー』、外装も凝っていて多分一番繁盛しているお店だ。

（小さなお店ですら僕を雇ってくれなかったからここもどうせダメなんだろうけれど……）

後ろ向きな気持ちになりながら僕はお店の扉を開く。

「あの、すみませ～ん」

「いらっしゃいませ～！　お席にご案内いたしますね！」

すぐに感じの良いウェイトレスさんが僕を迎えてくれた。

「あっ、すみません！　えっと、僕はお客さんじゃなくて、ここで働かせていただけたらと思いまして……」

僕がそう言うと、ウェイトレスさんは僕を品定めするようにジロジロと見てきた。

人間族《ヒューマン》はこの国だと劣等種族として見られている……やっぱりここもダメか――

諦めかけていたけれど、ウェイトレスさんは僕を見てにこやかに笑う。

「アルバイト希望ですね！　では、面接をいたしますのでこちらへどうぞ！」

「は、はい！」

そして、意外にも初めてすんなりと話が進んだ。

「じゃあ、まずはお名前と年齢と意気込みを」

「はい！　ティム＝シンシア、十五歳です！　が、頑張ります！」

「ティム君は人間族《ヒューマン》なんですよね？」

「は、はい！　すみません、やっぱり人間族《ヒューマン》は雇ってもらえませんか？」

「いいえ！　むしろ店長の指示で他の種族も雇う方針ですので、大歓迎ですよ！」

ウェイトレスさんの質問にいくつか答えていくと、最後に両手の平を合わせて微笑んだ。

「採用です！　いやー、実はウチのウェイトレスたちも最近迷惑な他種族の客だらけでモチベーションが上がらないらしくて！」

「は、はぁ……そうなんですか」

「だから君がウェイトレスになってくれると助かるよ！　これからよろしくね！」

「……えっ、ウェイトレス？」

「うん、表の張り紙を見て来てくれたんだよね？　『可愛いウェイトレス募集！』ってやつ！　このお店は女性の従業員限定なんだけど、君なら問題なし！　むしろこれで他の子達たちもやる気が出ると思うわ！」

「……へ？」

言われて僕は張り紙を見る。

完全に見落としていた……まさか、また女装しろってこと⁉

「ま、まぁでも働かせてもらえるだけでもありがたいか……」

正直、凄く嫌だったけれど背に腹はかえられない。

ギルネ様たちには絶対に見せないようにさえすれば大丈夫だ。

僕は覚悟を決めた。

一応、お料理も任せてもらいたかったんだけど……とりあえず、ウェイターとして接客を頑張ろう！

「店長！　新しい子を雇いました！」

周りのウェイトレスさんたちに連れられて厨房の奥に行くと、店長と呼ばれた凛々しい顔立ちの美しい女性の森守族《エルフ》が料理の下ごしらえをしていた。

彼女はその声を聞いて、一瞬表情を明るくしたが僕を見て思い切りため息を吐いた。

「おい、この職場は女性限定だ。こいつは男の子だろう？　ここでは働けん」

「えぇ～！　ダメですよもう私たちはティム君が働くってなって大盛り上がりなんですから」

「そうですよ、店長！　この子が女の子の格好をして給仕をするんですよ？　最高じゃないですか！」

「そもそも、店長の男嫌いも治さなくちゃだめですよ。ティム君なんてその点ピッタリじゃないですか」

ウェイトレスさんたちが力説すると、店長だという森守族《エルフ》の女性は僕をジロジロと見たあとにもう一度ため息を吐いた。

「……あぁ、分かったよ。じゃあティムでいい。採用だ、頼むぞ。私は店長のリフィアだ。料理長でもある」

「は、はい！　よろしくお願いいたします！」

リフィアさんは、まさに職人といった厳格な雰囲気を持ち合わせていた。

「少しでも使えないと感じたら容赦なく解雇するからな。ヘマはするなよ」

「ひぃ!?　わ、分かりました！　精一杯がんばります！」

「ティム君、私たちが親身にサポートするから大丈夫だよ！　一緒にがんばろうね～」

「じゃあ、さっそく制服を着せましょう～。更衣室は私たちと同じでいいよね？」

「外でもいいので、違う場所でお願いします！」

こうして、オルケロンでの僕のアルバイト生活はなんとかスタートした。


レストランでの試用が決まり、すこし研修を受けると今度はその足で隣の服屋さんへ。

店名は『テーラーハウス』、可愛らしい服や水着が沢山展示されている。

この国ではとにかくお金がかかる、仕事は一つでも多く手に入れて稼がなくちゃならない。

僕が『ダイナー』で働かせてもらえるようになったのはお昼の間だけだ、夜はここで働かせてもらいたい。

「あの〜」

「ひぃっ！　あっ、ご、ごめんなさい！　い、いらっしゃいませ！」

僕が来店すると、店内の妖精たちは慌てて僕に頭を下げ、そして僕の顔を見るとすぐに安心した様にため息を吐く。

「よかった、怖そうな人じゃないわ」

「でも、お金がなさそうじゃない？」

「お金がなくても色々と服を着せて楽しめるからオーケーよ」

そして、なにやらひそひそと話し合っていた。

「人間様に似合うお洋服でしたらこちらにご用意してございます！」

お客さんだと勘違いした妖精さんが僕を案内しようとしたところで、僕は話を切り出す。

「あっ、ち、違います！　実はここで働かせていただきたくて！」

「えっ、ですがここでは《裁縫スキル》が使えないとお仕事にならないので……妖精族《フェアリー》じゃないと多分難しいかと」

「《裁縫スキル》でしたら使えます！」

僕は目の前で妖精のサイズに合った服とスカートを作り出した。

それを見て、妖精族《フェアリー》の皆さんは目を丸くする。

「えぇ⁉　い、今どこから出したの⁉」

「ま、まさか仕立てたの⁉　今の一瞬で⁉」

「う、嘘でしょ⁉　しかも凄くお洒落でちゃんとしてる……」

「す、凄い《裁縫スキル》だわ。妖精族《フェアリー》の英雄、テレサ様に匹敵するんじゃないかしら？」

僕の仕事を見て、妖精たちがまたざわざわと話し合う。

感触は良さそうだ、これならいけるかもしれない。

最後のもう一押しに僕は頭を下げる。

「ここで働かせてもらえますか⁉」

すると、妖精の一人が満面の笑みで僕の手を握った。

「はいっ！　こちらこそよろしくお願いいたします！　私は店長のサーニャです！」

「僕はティムです！　サーニャさん、よろしくお願いいたします！」

飲食店に比べて洋服屋さんは凄くあっさりと働かせてもらえることになった。

森守族《エルフ》はプライドが高いって聞いていたけれど、妖精族《フェアリー》と比べると確かに働かせてもらうまでにずいぶんと苦労した気がする。

こうして、僕は無事に二つ目の仕事も確保できたのだった。

飲食店と洋服店で働けるようになった僕は、次の働き口を探す。

これでお昼と夜の仕事は手に入れた。

正直、ここで暮らすには困らないお給料はもうもらえるだろうけれど……。

でも、僕はどうしてもここで働かせてもらいたかった！

そう、僕のような男らしい者が集まるここ、鉱山で！

「お願いします！　ここで働かせてください！」

「ああん⁉　ひょろっちい人間族《ヒューマン》なんか役に立つかよ！」

しかし、僕を見た剛腕族《ドワーフ》の親方、ガラントさんは僕を雇おうとはしてくれなかった。

「この国に人間族《ヒューマン》が働ける場所はねぇ！」

「お願いします！　ギルネ様たちに男らしく見られたいんです！　鉱山で働いているのって凄く男らしいと思うので、僕もそうなりたくて！」

僕がお願いしていると、今度はレイラがやってきた。

「あっ、ティム！　何でこんなところにいるの⁉」

「レイラ！　もしかして、レイラもここで働きに⁉」

「ティムも⁉　ダメよ！　鉱山なんてティムには危ないわ！　こういう場所の仕事は私に任せて！ティムは飲食店や洋服屋さんで働きなさい！」

レイラはそう言って僕を引き留めようとしてきた。

「いや、レイラ。僕だってもう強くなったし鉱山でだって男らしく働けるよ！」

「いや、そもそもお前らなんか雇わねぇって……こいつら面倒くせぇな……」

そう言った後、ガラントさんの隣で笑っていた剛腕族《ドワーフ》の従業員が進言した。

「親方、〝あの場所〟をこの二人に任せてみるのはどうですか？　そうすればさすがに諦めると思いますし」

「……なるほど。相手にするよりもそっちの方が早そうだな」

そんな会話をすると、僕たちに向き直る。

「よし、お前らにも仕事をやる。採掘場所は案内させるからそこへ行ってくれ。なぁに、上手くできなくても少しはお金を出してやるから落ち込むなよ」

ガラントさんはそう言って僕たちを従業員の剛腕族《ドワーフ》たちに案内させた。


僕たちが連れて来られた場所には他の作業員がいなかった。

「この場所は鉱石が豊富なんだが固い岩盤が多すぎてな。手つかずになっているんだ。このタンクいっぱいになるまで鉱石を採掘することができたら雇ってやるよ。道具は壊れても気にすんな。無理して怪我はしないようにな」

案内の剛腕族《ドワーフ》さんはそう言うと、僕たちに薄汚れたヘルメットとボロボロのつるはしを渡す。

「た、確かに凄く固そう」

僕は【洗浄《クリーン》】で道具を綺麗にしつつレイラと二人でヘルメットをかぶる。

「ティム、私が採掘するわ。ティムは後ろで私を応援して。分担作業よ」

「それって分担できてるのかな……?」

「完璧にできているわ。さて、さっそくいくわよ！　せーのっ！」

レイラが振りかぶったつるはしを岩盤に突き立てようとすると、つるはしは簡単に折れてしまった。

確かに、これはかなり大変かも……。

「道具が役に立たないわね……ティム、新しいつるはしって作れるかしら?」

「……ちょっと待って、レイラ。僕の雑用スキルでどうにかなるかも」


「親方、今朝のあいつらが戻ってきました」

「おう、なんだもう諦めて戻ってきたのか。やっぱり人間族《ヒューマン》は根性もないな」

僕とレイラが採掘を終えて戻ると、お昼休憩をとっていた剛腕族《ドワーフ》のみなさんはそう言って笑った。

「えっと、これでいいんですよね?」

僕は【収納《ストレージ》】を解いて、レイラと共に採掘した大量の鉱石を目の前に出した。

タンクがいっぱいになるまでと言われていたけれど、気が付いたらタンクに入る二倍の量は採掘してしまっていた。

岩盤が固すぎてつるはしの方が壊れてしまうくらいだったけれど、僕の《洗濯スキル》【柔軟剤《ソフト》】の能力を使うと岩盤はプリンのように柔らかくなった。

あとは、ショベルで簡単に掘って鉱石を採掘していくことができた。

採掘した鉱石の山を見て、剛腕族《ドワーフ》のみなさんは驚きの声を上げる。

「し、信じられねぇ……本当にあの場所を掘ったのか？」

「しかも俺たちが午前中、全員で掘ったよりも多い量じゃねぇか！」

「やったわね！　ティム！」

剛腕族《ドワーフ》の皆さんの反応を見て、僕とレイラは喜び合う。

「こ、これで僕たちもここで働かせていただけるでしょうか？」

「当然だ！　剛腕族《ドワーフ》に二言はねぇ！　よろしくな、ティム！　レイラ！」

こうして、さっそく僕たちは一緒に採掘をさせてもらった。

――しかし、僕の【柔軟剤《ソフト》】には欠点があった。

鉱石はできるだけ大きい塊のまま採掘することが望ましい。

僕のスキルは採掘の際に鉱石も柔らかくしてしまうため、傷つけてしまうことが発覚した。

固い岩盤にぶち当たった時だけ僕の【柔軟剤《ソフト》】を使い、通常の採鉱では使用禁止になってしまった。

僕もつるはしを使い、自力で一生けんめい掘ってみるけれど、力が足りずにつるはしが刺さらず、振動が手を伝い、レイラは常にハラハラした表情で僕を心配してしまう。

そして、情けないことに一時間と経たずに僕の腕は限界を迎えた。

結局、剛腕族《ドワーフ》の何人分も力持ちなレイラが採掘を手伝って、僕は毎朝ここに来て剛腕族《ドワーフ》の皆さんの作業着の洗濯や、用具の手入れが主な仕事となってしまった。

道具がピカピカになって、「水場に行かなくても身体が綺麗になる！」と剛腕族《ドワーフ》の皆さんは大喜びなんだけれど――

「うぅ……こんなの全然男らしくない」

僕は思わず一人で呟いた。

第十五話　各種族との隔たり

オルケロンで働き始めて一週間。

ある朝のこと――

『ダイナー』の営業後に僕はリフィアさんの自室に呼び出された。

扉を開くと、リフィアさんは気難しい顔をして椅子に座っていた。

「ティム、来てくれたか。今回呼んだのはだな――」

僕は先手を打った。

「ごめんなさいごめんなさいごめんなさい！　このお店から捨てないでください！　僕はまだここで働きたいんです！」

いつかのように僕が渾身の土下座をすると、リフィアさんは慌てて椅子を立ち上がる。

「ど、どうしたんだティム！　まだ何も言っていないじゃないか⁉」

「分かっています！　僕が従業員としてふさわしくないから、解雇するために呼んだんですよね？」

「ティムを解雇だと⁉　そんなわけないだろう！　な、何なら永久就職させたいくらいだ！」

「えっと、す、すみません！　僕は冒険の途中なのでずっと働くことはできません……」

「そ、そうか……そうだったな。だが、気分が変わったらいつでも言ってくれよ」

そういうと、リフィアさんは少し不機嫌そうに椅子に座りなおした。

「というか、君はよく働けているだろう？　お客さんの評判もいいし優秀だ。どうして解雇されるだなんて思ったんだ？」

「……その、苦情がきているかと思いまして……」

「苦情……？」

「はい、他のウェイトレスさんから」

「他のウェイトレスから苦情がくるような心当たりがあるのか……？」

「その……僕が鈍くさいせいか、よく仕事中に身体がぶつかったり、そのままよろけて抱きつかれたりしてしまうようなことがありまして……。不快な思いをさせてしまっているのではないかと」

「……それはティムが悪いわけじゃないから大丈夫だ。というか私がウェイトレスたちに注意をしておこう」

「え……？　そうなんですか？」

リフィアさんは「そんなことよりもだ」と話題を変えた。

「ティム、君は隣の洋服店『テーラーハウス』でもアルバイトをしているね？」

「はい！　こちらの『ダイナー』が閉まってから僕が洋服作りの応援にいってます！」

「そうか、ということは当然そこにいる妖精族《フェアリー》とも仲がいいんだよな？」

「そうですね、妖精のみなさんは凄く仲良くしてくださっています！」

「くそっ、羨ましい……いやなんでもない。じゃ、じゃあ、可愛い洋服なども自由に買えるわけだな？」

「は、はぁ……」

「……そうか。それは結構だ。うむ、ウチの従業員たちの制服もそこで買わせていてな、可愛らしいだろう？」

「はいっ！　とてもいい制服だと思います！」

「私服も可愛いのが多くてな。ウチの従業員もみんなそこで買っているみたいなんだ」

「そういえば、よくお見えになりますね！」

「そうなんだよ……」

「…………」

話が終わってしまった。

いや、こんな世間話をするためだけに僕を呼んだはずはない。

何となく探りを入れてくるようなリフィアさんの話し方に僕は思考を巡らせる。

リフィアさんはこのお店、『ダイナー』店長で料理長さんだ。

いつも眉間にシワを寄せて真剣に仕事をしている姿からお客さんには少し怖がられている。

でも、本当は優しくて面倒見が良くて従業員の皆さんはリフィアさんのことが大好きでみんな慕っている。

そんなリフィアさんの本心……。

「リフィアさんも可愛いお洋服が着たいんですか？」

そういうと、リフィアさんの顔が見たことないくらいに赤くなった。

「わ、笑うか？　いつも気難しい顔をして、仕事一筋の私なんかがそんな浮ついた事を考えているだなんて！」

僕は全力で首を横に振る。

「いいえ！　絶対に似合いますよ！　買いに行ってみてはどうですか！」

僕がそう言うと、リフィアさんはため息を吐く。

「実は私は隣の妖精族《フェアリー》たちに嫌われてしまっていてな。お店に行くことができないんだ」

「リフィアさんが？　ど、どうしてですか？」

「前に来店した時に、妖精族《フェアリー》にいちゃもんをつけていた客に説教をしてしまったんだ。滅茶苦茶な言い分にも拘わらず妖精族《フェアリー》は謝りながらお金を渡そうとしていてな。つい、我慢できず……」

「あー、なるほど」

容易に想像できた。

妖精族《フェアリー》のみなさんは凄く臆病だ。

リフィアさんを怖く感じてしまうのも仕方がないのかもしれない。

「僕がこのお店に面接に来た時に、リフィアさんが『他の種族の採用』を推奨していたのは――」

「あぁ、もしかしたら妖精族《フェアリー》がアルバイトに応募してくれるかもしれないと思ってな。そうすればお隣の妖精族《フェアリー》のお店にも行ける機会ができると思っていたんだ」

「だから、採用されたのが僕だった時にガッカリしていたんですね」

「あの時は悪かった。私が人間族《ヒューマン》を軽んじていたのもあった。実際、ティムはすでにここにいる誰よりも上手く働いている。森守族《エルフ》はプライドが高いと言われているから気を付けてはいたんだが……こんな性格だと嫌われても仕方がないな」

「リフィアさん……」

こんな風に言っているけれど、リフィアさんもオーナーとしてお店を守るために毅然とした態度を取らなければならないのは僕にも理解できた。

洋服店での事件だって、妖精族《フェアリー》を思っての面倒見の良さが出てしまっただけの行動だ。

それに、妖精のみなさんの性格的にお洋服を求めている人を放っておけるはずなどない。

僕は決心する。

「大丈夫です、リフィアさん！　僕にお任せください！」

「お、おいティム！　無理だ！　変装せずに店に入るなんて、みんな私を覚えているだろうしこわがってしまうぞ！」

「僕と一緒なら大丈夫ですよ！　というか、変装ってなんですか！　いつもは変装して来てたんですか？」

「ほ、本当だな？　一人にするなよ？　私はティムを信じてるからな！」

こんなに弱気なリフィアさんは見たことがなかった。

そうして、僕たちは『テーラーハウス』に入店した。

「リフィアさん！　お、お世話になってます！　本日はどのような御用でしょうか!?」

入ってすぐ、店長のサーニャさんは疾風のように出迎えに来てガチガチに緊張しながらリフィアさんに深く頭を下げた。

やっぱり覚えているみたいだ。

「……その、服を買いたくてだな」

「はい！　お料理用のエプロンですか!?　それとも、お店の制服でしょうか!?　あっ、もしかしてティム君の新しい制服ですか？」

「そ、そうなんだ！　ティムの制服が欲しくてな！　私は付き添いなんだ！」

僕を言い訳に逃げようとするリフィアさんを僕はジト目で見つめる。

「リフィアさん。それだと僕が試着とかすることになっちゃいますよ？」

「……今日はそれでいい。ティムが色んな服を着るのを見るのも楽しそうだ」

「よくないですよ！　僕だって散々このお店で着せ替え人形にされたんですから！　大丈夫です！　ちゃんと自分の希望を言ってください！」

　このお店の妖精の皆さんはどんなお客様にも真摯に対応してくれる。

　それに——リフィアさんのような凛とした美少女を相手に彼女たちの食指が動かないはずがない。

「う……じ、実は服が欲しいのは私だ。それも、普段着が欲しくてな……。他の森守族《エルフ》たちが着ているような可愛らしいのが……」

　リフィアさんが恥ずかしそうにそう言うと、妖精族《フェアリー》の皆さんは一気に表情を明るくした。

「そうですか！　任せてください！　さぁさぁ、リフィアさん、試着室へ！」

「「お手伝いしますっ！」」

　そして、店中の妖精たちが思い思いの服を持ち寄ってリフィアさんを試着室へと追い立てる。

　妖精族《フェアリー》の皆さんはきっと美人で綺麗なリフィアさんに服を着せてみたかったんだろう。

「ちょっと、全員は来ちゃダメよ！　お店の方にも何人か残りなさい！」

「は～い」

「ちょ、ちょっと待ってくれ！　まだ心の準備が——」

「リフィアさん、行ってらっしゃいませ！　僕は待っていますね！」

　妖精たちとその手に持った可愛い服に囲まれ困惑するリフィアさんを僕は手を振って見送った——

「ティム、どうだ？　お、おかしくないだろうか？」

試着室から出てきたリフィアさんは可愛らしい服を着て不安そうに僕に訊ねる。

「すっごく素敵ですよ！」

「ほ、本当か⁉　嘘じゃないよな？　私は本気にするからな！」

「はい！　とてもお似合いです！」

リフィアさんは花が開くように表情を明るくする。

「ほ、他にも可愛い服を沢山用意してくれたんだ！　私は全部買うぞ！　よし、ティム！　店に帰ったら私が着るところを全部見てもらうからな！」

リフィアさんは見たことのないような満面の笑みで両手いっぱいに洋服を抱え込んでカウンターに置く。

――そんな時、一人の人魚族《シャーク》が怒りの形相で店内に入り、店員を怒鳴りつけた。

「ちょっと、どういうことなの！　このお洋服、一度洗濯しただけでフリルが取れちゃったのよ⁉　お金を返してちょうだい！」

「すみません！　すみません！」

どうやら、このお店で服を買ったお客さんがクレームを入れているらしい。

その様子を見て、リフィアさんはまたいつものように眉間にシワを寄せて腕を組んだ。

「……おい、お前。その服をどうやって洗った？」

「な、なによあんた？　私は水流魔法で洗っただけよ。一回洗っただけで装飾が外れちゃったんだから」

その話を聞くと、リフィアさんは深くため息を吐く。

「お前、三日前にこの店で服を買った奴だろう？　店員の妖精はしきりに説明していたじゃないか『見習いが作った服なのでお値段が安くなっています。優しく手洗いをしてください』って。お前はその話をちゃんと聞いていなかったんだろう」

「そ、そんなこと言ってたかしら……？」

リフィアさんに詰め寄られ、人魚のお客さんは明らかにうろたえていた。

先ほどリフィアさんは口を滑らせて変装してこのお店に来ていたと言っていた。

三日前にもこのお店で服を見ていて、その現場にいたのだろう。

こうして僕と来ているということは試着したり服を買う勇気はなかったみたいだけど。

リフィアさんはさらに高圧的に詰め寄った。

「妖精たちが下手《したて》にでているからといって見くびるのはやめろ。彼女たちも尊敬すべき立派な職人だ。客だからといってどんな振舞いでもゆるされると思ったら――」

本格的な説教が始まろうとしていたところで僕は慌てて割って入る。

「ああ、このくらいなら僕が直せます！　フリルもしっかりと付けなおすことができますよ！」

リフィアさんはハッとして口を閉じた。

「あ、あら悪いわね。おいくらかしら？」

「いいえ、お代はいりません！　サービスです！　ぜひ、今後ともウチのお店をよろしくお願いいたします！」

「え、えぇ、私も無理を言ってごめんなさいね。このお店は気に入っているの……次からはちゃんと話を聞くようにするわ」

僕が服を繕ってあげると人魚のお客さんは満足しつつも、少し反省した様子で帰って行った。

リフィアさんは頭を抱えて床にしゃがみ込む。

「……すまない。また君たちを怖がらせてしまったな。しかもまた勝手に客に説教までしてしまって……。これじゃあお店の評判を下げてしまう」

しかし、妖精のみなさんは瞳を輝かせてリフィアさんに詰め寄る。

「かっ。かっこいいです！」

「……は？」

予想外の言葉にリフィアさんは驚いていた。

「あの！　ずっと、憧れていたんです！　以前もウチで私たちの味方をしてくださいましたよね？　それから私たちもリフィアさんを見習おうって話し合ったんです！」

サーニャさんは鼻息を荒くして話を続ける。

「まだまだ私たち妖精が弱気だからと横暴に振舞ってくるお客さんも多いですが、リフィアさんを見習って、私たちも職人としての誇りを持とうって頑張っているんです！　リフィアさんは私たちの目標なんです！」

確かに、妖精族《フェアリー》の皆さんはいつもビクビクと怯えすぎだ（人のことは言えないけど）。

そのせいで、僕が知らないときもお客さんに無茶を言われたりして揺すられてしまっていたりしたのだろう。

「そ、そんな風に思ってくれていたのか……？　私はてっきり嫌われているのかと——」

妖精たちの言葉を聞いて気を良くしたのか、リフィアさんは再び立ち上がって胸を張った。

「ま、まぁ、確かに妖精族《フェアリー》は少し度胸が足りないな！　私のは少しやりすぎだが、もう少しくらい私を見習ってお客さんに舐められないようにした方がいいぞ！」

「一人でここに来れなかったリフィアさんがそれを言うんですか？」

僕が少し意地悪を言うとリフィアさんは「うっ……」と苦しそうな声を上げた。

「とにかく、これからはもう少し勇気をもって行動するんだ。そうすることで、お店や従業員を守れるからな。それに、せっかく隣にいるんだ、何か問題が起こったなら私たちが絶対に助けてやるからさ」

「そうですね……！　私たちももっと勇気を出せるようになります！　大切な従業員を守るためにも！」

「頑張ってください！」

僕が応援すると、リフィアさんは僕の肩に手を置く。

「私たちにとってはティム君も従業員だからな。ちゃんと、守ってやるぞ。安心しろ」

「はい、ティム君！　任せてくださいね！」

「あはは。一応、僕は冒険者なんですけど……」

やっぱり頼りなさそうに見られているのだろうか。

それとも、さっきの仕返しだろうか。

そんなことを言うと、お二人は笑い合った。


「どう？　レイラ。海での仕事はもう慣れた？」

「えぇ、おかげさまで（水着には）慣れてきたわ」

私が人魚族《シャーク》とお話をしに行ったあの後。

どうにか一緒にお仕事をさせてもらえることになった。

最初は人間族《ヒューマン》には到底無理だなんて言われていたけれど、人魚族《シャーク》の泳ぎ方を見て私はすぐに剣を持ったままでも自由に泳げるようになっていた。

そうして私は今、午前中は人魚族《シャーク》の仕事を、午後からは剛腕族《ドワーフ》との仕事をこなしてティムと同じようにお金を稼いでいる。

今は人魚たちと一緒に朝の漁をしつつ、岩場の上で休んで談笑していた。

「ねぇねぇ、レイラ！　ティム君とはどうなの？　少しは進展した？」

「だ、だから私はティムとそういう仲にはなれないわ！　ティムにはギルネっていう素敵な相手がもういるの！」

「ダメよ、諦めちゃ！　好きなんでしょ！」

「す、好きだけど……うぅ、言葉にすると恥ずかしくて顔が燃えそうだわ……。とにかく、ティムには私みたいな馬鹿な女は似合わないの！」

「え～、でもティム君もちょっと馬鹿っぽいしお似合いじゃない？」

「そ、それは否定できないけど……だからこそちゃんと頭のいい人がティムを幸せに導かないとダメなのよ！　私はそばに居させてもらってるだけ！」

「何よそれ～、昔の人魚と人間の恋みたいに切ないわ～」

いつもいつも飽きずにこの話だ。

一体どれだけ恋バナが好きなんだろうか。

キリがないので、私は立ち上がって軽くストレッチをする。

「じゃあ、もうひと潜りして海獣を倒してくるから。浮かんできたのは回収よろしくね」

「あっ、ズルいわよ！　そうやってまた逃げるのね！」

人魚族《シャーク》にもらった水着を着た私は聖剣フランベルを持って海の中へと潜る。

水の中で呼吸とかはできないけれど、人魚たちの泳ぎを見習って、自分で練習してみたらすぐに人魚たち以上に泳げるようになった。

だから、素潜りで海にいる魔獣（海獣）を倒したり貝や魚を捕まえてお仕事をさせてもらっている。

人魚たちを見ているうちにだんだんと水着にも慣れてきて鼻血を出して倒れるようなことはなくなった。

（酔剣技……【蒼き水の太刀《ブルーハワイ》】！）

自分の身の丈の三倍はありそうな海獣を討伐すると、私はまた水面に上がる。

「レイラったら凄いわね～、一人でこんなに大きい海獣を倒しちゃうんだから」

「私たちが作戦を立ててみんなで倒すサイズの海獣よ。私たちと違って、ヒレの付いた尻尾も無いのにね～」

人魚たちの言葉に少し得意になる。

「ふふん、海で戦うのも慣れてきたわ。これでティムが水中で襲われても助けられるわね！」

「あはは、レイラったら口を開けばティム君のことばっかりじゃない！」

そんなふうにいつものごとくからかわれていると、頭にいつもピンク色の貝殻の髪飾りを乗せている人魚のセーラが現れた。

「レイラ！　聞いたわよ、あの剛腕族《ドワーフ》たちと一緒に鉱山で働いているんだって!?」

「「えぇ～!?」」

急に、みんなは悲鳴のような大声を上げる。

私はそんなみんなの様子に首をかしげながら答えた。

「うん、そうよ？　こっちの仕事が終わったら剛腕族《ドワーフ》の採鉱の手伝いをしているの。私は力持ちだから結構助けになれているのよ？」

「あの、汗臭い男たちしかいない場所にレイラが!?」

「考えるだけでおぞましいわ！　レイラ、ダメよ！　お金が欲しいなら私たちが出し合ってあげるから！」

人魚たちの反応に私はますます不思議に思う。

「な、なにがそんなにダメなのよ？　お仕事は別にこっちと変わらないわ」

「剛腕族《ドワーフ》って自分たちのことしか考えていないのよ？　きっとレイラも利用されているだけよ！」

「そ、そんなことないわ！　確かに荒々しいところはあるけれど、約束は守るし。そんなに悪い人たちじゃないわ」

それでも、セーラは私の手を握って力説した。

「剛腕族《ドワーフ》の鉱山から流れる水が海を汚しているのよ！　あいつらにとって、私たち他の種族なんてどうでもいいと思ってるのよ！　何かあったらきっと真っ先に切り捨てられちゃうわ！」

「……あ、あのね、セーラ。それは今の生活を続けるためには仕方がないことだし、みんな一生懸命に働いているのよ。そんな事を言ってはいけないわ」

私は思わず眉をひくつかせながら言った。

一緒に働いているから分かる、剛腕族《ドワーフ》のみんなはこの国の住民たちの笑顔の為に毎日汗水を垂らして頑張っている。

門番だって剛腕族《ドワーフ》がしているし、そもそもこの大きな壁を築いて国の原型を作ったのは剛腕族《ドワーフ》だ。目立たないかもしれないけれど、みんなを陰から守っている。

それを、何の恩も感じずにそんな風に言われてしまうと私も言い返すことに我慢が出来なくなった。

そんな私たちの話を遠くから聞いていた人魚の族長のカトレアがやってきた。

「レイラの言う通りよ。剛腕族《ドワーフ》に対してそんな風に思っていたのなら、いつかきっと後悔することになるわ」

そして、私の隣に座って私の頭を撫でた。

「私たちだって鉱石を原料に豊かな暮らしをさせてもらっています。私たちは主に森守族《エルフ》と取引をしているけれど、共に足りないものを補い合っていることには変わらないわ。社会とは、そうしてお互いにお世話をして支え合っているんだから」

カトレアがそう言っても人魚たちは分からないような様子で首をひねる。

「今の生活を当然だと勘違いしてしまうのはとても怖いモノよ。ましてや、イメージで人の仕事を分かった気になってはいけないわ。誰にだって、明かさない苦労があるモノなの。あなたたちだって、人魚は海で遊んでばかりだって言われたら腹が立つでしょう？」

カトレアはそれだけを言うと、漁をするために海へと潜っていった。

「全く、族長は小難しい話が好きなんだから～。あいつら剛腕族《ドワーフ》なんか、いない方がいいのよ。それよりレイラ！　ティム君にもう水着姿は見せてあげた⁉　きっとレイラに惚れ直すはずよ！」

全く反省している様子のないセーラに私はため息を吐いた。

第十六話　オルタの里帰り

アルゴノーツでのひと月の修行の日々――

そして、ちょうど三十回目の入団試験。

僕はステラード城の闘技場で床に倒れていた。

そんな僕を前にアレンは少し赤くなった頬をポリポリと指でかく。

そして、ため息を吐いた。

「……合格だ。今ここにオルタニア＝エーデルを英雄の一人として認める」

「やったぁ！　オルタ君、やったよ！　凄い！」

「やりましたね、オルタさん！」

「ふ、ふふふ当然だ！　何たって僕はエリートだからね！」

体力を使い果たして指の一本も動かせない僕は尻だけを突き出して床に這いつくばったまま高笑いをしてみせた。

丁度、仕事が無くて見に来てくれていたゲルニカ先生とイスラが近くで祝福してくれている。

テレサは仕事なのか婚活なのか知らないが今はこの場にいなかった。

「みんな、ここにいたんだ？　ただいま～ってありゃ、あの子たったの一か月で入団試験クリアしちゃったの？　時空魔法ってすごいね～」

いつも大陸中を飛び回ってばかりの英雄の一人、ロジャーが珍しくここに顔を出してそう言った。

「ふふふ、ロジャーよ、残念だったな。もう少し早ければ僕がアレンの顔面に一撃を入れる華麗なる瞬間を目撃できたというのに」

「オルタさんの指の先端がアレンさんの頬をかすめただけデスけどね」

正直者のイスラは僕に気を使う事もなく真実を伝える。

「あっ、ロジャー！　私の小説、また勝手に出版したでしょ！　回収してよ！」

「いやだよ～。あれ、凄く評判がいいんだよ？　現実の王子たちはクソみたいな奴ばっかだけどゲルニカの小説に出てくる王子様はみんなかっこよくて性格が良いって～」

「だぁぁ！　恥ずかしいから感想なんて言わないで！」

先生は顔を真っ赤にしてロジャーに掴みかかろうとするが、ロジャーはケラケラと笑いながら躱していた。

「あっ、私また行かないと！　じゃあ先生、続きの原稿もよろしくね～」

「こらぁぁ！　逃げるなぁぁ～！　絶対に見つからない場所に隠してやる～！」

「ゲルニカ、それは続きも書くって言っているようなもんだぞ？」

散々おちょくった後にロジャーはまた翼をはためかせて飛び立ってしまった。

くそ、僕だって身体さえ動けば先生に加勢していたのに――というか、この格好のままは恥ずかしいので早く誰か肩をかしてくれないだろうか。

「そういえば、試験の代償ってオルタさんには何を要求していたんデスか？」

「そういえばいつも受験料とか言って相手に強迫まがいのことをしてるよね」

「そんなふうに見られてたのか……ちゃんといつも合意の上だぞ！　大した要求をしたことはないし！」

「団長、無神経なのでそう言いつつ無自覚に相手の嫌がることを要求してそうデス」

「ちなみにオルタは無しだ。もともとここに来てから勝手に雑用を全てこなし始めたし、入団試験は免除だって言ってるのに受けたからな」

「オルタ君、イスラにしごかれながらよく雑用までやってたよね」

先生は僕のお尻をじっと見つめながら言った。

この一か月、一緒に過ごすことによって先生と僕の距離も少しは近づけたと思う。

「拉致されたとはいえ、イスラに修行をつけてもらっている上に住まわせてもらっている立場だからな。僕にとってはこの程度大したことではないさ！」

「そんなこと言いつつ、よくキッチンで料理中に気絶したまま寝てマシたけどね。ゲルニカさんがその寝顔を見てニヤニヤ――」

「だぁ!?　オルタ君、よく頑張ったね！　とにかくおめでとう!!」

先生は大声で叫ぶと、もう一度僕を祝ってくれた。

「よし、これで僕も先生と同じ立場になれたということだな！　早速、どこかで悪事を働いている魔族を倒しに行こうではないか！」

「う〜ん、でも魔族が現れても近くだったりしないと私たちは感じ取れないんだ。地道にパトロールでもするしかないね」

「というか、オルタさんもう動けないじゃないデスか」

イスラがツッコミを入れると、アレンがようやく僕の腕を掴んで肩を組んでくれた。

そのまま話をしながらみんなで大広間へと向かう。

「その前にオルタには頼んでいる仕事があるだろ？　ギリギリ間に合ってよかったな、もう明日だぞ？」

「あぁ、世界会議《カンタービレ》とかいうやつか。確か世界中のTier3以上の冒険者たちが集まってダンジョンの踏破状況や各国の冒険者ギルドなどの情報を交換し合うのだろう？」

「そうだ、世界会議《カンタービレ》は英雄が一人ずつ持ち回りで主催していてな、今回はナハトナハトと一緒に会場へ行ってもらう」

「僕がついて行くのは社会見学のためか？」

「まぁそうだな。それと、今回の開催地はリンハール王国にしてある。国に帰ったら胸を張って英雄を名乗れるぞ」

そんな話をしているうちに大広間にたどりつき、みんなで椅子に腰掛ける。

「……なるほど、ついでに里帰りでもしろということか。おい、今日の試験はそのために手を抜いたとかじゃないだろうな？」

「そんなことしねぇよ。俺だって負けるのは悔しいからな。それとリンハールにしたのは、隣のシンシア帝国で新しく参加権を得た新興ギルドがあるから来やすいようにだ。フィオナ・シンシア救護院とかいったか」

「そうか。一応、礼を言っておこう。それにしても、ナハトナハトという英雄には未だに会ったことがないな。本当にいるのか？」

僕が少し心配そうに言うと先生が答える。

「ナハトナハトは魔技師《エンジニア》なんだ！　いつも地下に引きこもって魔道具を開発したりしてるの！」

「ゲルニカさんの数少ない友達デスね」

「まぁ、招待状はちゃんと出したみたいだし、そろそろここに来るだろう。なんだかんだ仕事はキッチリとこなす奴だからな」

アレンがそう言うと、ワイシャツに団服をコートのように肩にかけた銀髪の美少年が大広間の扉を開き、ツカツカと歩いてきた。

そして、僕たちに爽やかな笑みを向ける。

「やぁ、君たち。久しぶりだね！　息災かい？」

「あっ、ナハトナハト！　久しぶり！　元気だよ～！」

「ゲルニカも久しぶり、見ない間にまたずいぶんと美しくなったね」

席に座っている先生に笑顔で近づくと、ナハトナハトは先生の手を取ってその手の甲に口付けをした。

先生は少し顔を赤らめる。

「ちょ、ちょっと待ちたまえ！　ナハトナハトよ！　いきなり女性の手に口付けをするなんて非常識だぞ！」

僕は動かないはずの身体に全力で鞭を打って立ち上がり、抗議した。

「オルタさんもやりそうデスけどね」

イスラがそんなことを呟く。

ナハトナハトは大きく首をかしげて僕を見る。

「……君は誰だい？　こんな色男ウチのギルドにはいなかったはずだが」

「ナハトナハトさん、彼は新入生のオルタさんデス。つい先ほどアレンさんを倒して入会しマシた」

「おい、倒されてはないぞ、倒されては」

アレンが小さい声で抗議する。

「そうか……それはおめでとう。して、彼はなぜこんなに怒っているんだい？　僕は美しい女性への挨拶をしただけだが」

「オルタさんはゲルニカさんの小説のファンなんデスよ。陶酔していマス」

「……あぁ、なるほど。そういうことか」

薄い笑みを浮かべるとナハトナハトは僕に近づく。

「な、なんだ!?　やる気か!?　やるなら後日、然るべき方法に則って相手をしてやるぞ！　コイントスとかで！」

威勢良く威嚇をする僕の腕を掴むとその手の平をナハトナハトは自分の胸元に押し当てた。

僕の手の平にはワイシャツ越しにとても柔らかい何かが当たっている……。

「ほら、安心してくれたまえ。僕は女だ、君の敵じゃないよ」

「な、な、なにしてんのぉぉ!?」

半ば放心状態の僕の手を奪い返して先生はナハトナハトに怒鳴る。

は、初めて触ってしまった……女性の胸を……。

「あっはっは！　いや、僕が女だと言ってもなかなか信じてもらえなかったりするだろう？　これなら一発だ。取るに足らない胸で申し訳ないがね」

「だ、だからって胸を触らせちゃダメ！　オルタ君、気にしないで！　こういう人なの！」

先生が僕の身体を揺さぶり、僕はようやく呆けていた意識を取り戻す。

そして、強がってみせた。

「ふ、ふふふっ！　ナハトナハトよ、そんなことで僕が動揺すると思うな！　女性だからといっても、もし先生の嫌がることをしたら承知しないからな！」

「いや、ナハトナハトって本当に女なのか？　俺も疑いたくなってきたぞ？」

「団長、テレサさんがいたら殺されても文句は言えない発言デスよ？」

アレンは羨ましそうに僕を見ていた。

「いや、アレン君も大歓迎だ。僕も君の身体には興味がある。後でお互いの身体を調べ合おうじゃないか！　ちょうど試したい道具もあるんだ！」

「いやっ！　やっぱり大丈夫だ、俺はもうお前の試作品の実験体にはならないぞ！　やめてください！　お願いします！」

アレンは急に顔を青ざめさせて土下座した。

過去に何かあったのだろうか。

ナハトナハトは口元を覆って含み笑いをすると、光る眼光で僕の身体をじっくりと観察する。

「なるほど、これは逸材だな。底なしの魔力を持っているのか……素晴らしい」

そう呟くと舌なめずりをして僕の肩に手を置く。

「オルタ君、明日は僕と二人きりでリンハールまでデートだ。楽しみだな」

ナハトナハトに主導権を握られてしまわないように僕は強がる。

「ふ、ふはは！　望むところだ！　デートだかなんだかしらんが、受けて立ってやろう！」

「いや、オルタさん滅茶苦茶意識しすぎてキャラがブレてマスよ？」

今だに手に残る柔らかな感触にドギマギしつつ僕は無理やり笑った。

僕とナハトナハトとのやり取りを見て、先生は頬を膨らませると勢いよく手を挙げる。

「わ、私もついていく！」

しかし、アレンがその手を掴んで下げさせた。

「ゲルニカには別の仕事を頼んであるだろう。そっち優先だ」

「いやー！　ついていく！　ついていくのぉぉ！」

ついに駄々をこね始めた先生だったが、ナハトナハトに「もう身体を触らせたりしない」という約束だけ取り付けると渋々引き下がった。

「よし、じゃあ今夜出発しようか」

ナハトナハトは僕に向けて人差し指を立てるとそう言った。

「今夜？　会議は明日の正午頃だろう？　今から出なくて間に合うのか？」

「あぁ、君は心配せずに夜まで身体を休めてくれたまえ。移動手段は僕の方で準備しよう」

ここからリンハールまではテレサの翼でも半日はかかったはずだ。

それよりも速い移動手段があるということだろうか？

疑問に思いつつもアレンとの戦いで満身創痍だった僕は気絶するように夜まで眠った……。


そして、出発の時刻。

「何だこれは……」

ステラード城の門に来た僕の目の前には車輪の付いた金属の箱が用意されていた。

箱の中には椅子があり、それにナハトナハトが乗り込んでハンドルのような物を握る。

「これは魔導車《まどうしゃ》という僕の発明品だよ。魔力を注ぐとエンジンが動いて前に進むんだ。そうだ、オルタ君が魔力を注げば一瞬でリンハールまで着いちゃうんじゃないかな？」

「あっ、それは止めた方がいいデス。オルタさん、魔力のコントロールが大の苦手ですから」

「そうだな、壊してしまいかねん」

「僕の魔道具はそんなにやわじゃないけどな。まぁいいか、隣の席に乗ってくれたまえよ」

ナハトナハトに妖しい笑みで手招かれるまま、僕は隣の座席に座った。

「よし、では諸君！　行ってくる。しばらく外泊してくるかもしれないからその間オルタ君は借りていくよ」

「はぁ⁉　外泊⁉　ちょっとま――」

先生が何かを言いかけた瞬間、魔導車はすごい速度でリンハールまでの荒野を走り始めた――

「す、凄いな……本当に数時間でリンハール王国に着いてしまった」

「オルタ君が魔力を注げばもっと早く着いたけどね」

ナハトナハトは魔導車をリンハール王国の片隅に駐車する。

僕が降りると魔導車から何かを抜き取っていた。

きっと、これがないと走らないのだろう。つまり、鍵をかけたようなものだ。

「早く着いた分、まだ時間がある。オルタ君が行きたいところに行ってもいいよ。僕は君の監視も兼ねてるから一緒について行ってしまうが」

「そうか……じゃあ――」

僕はナハトナハトを連れて自分の屋敷、エーデル家に戻ってきた。

「ふぅン……。ここが君の家か。よい住まいだね。どうした？　早く入りたまえよ？」

門の前まできて、僕の足は止まる。

「……入るべきなのか、僕には分からない」

そして、もう一度屋敷の外観を見据えた。

「僕はここから勝手に飛び出したんだ。僕にそんな資格があるのか――」

「オルタ坊ちゃま。ご自分の家なのですから堂々と入られてはどうですか？」

聞き覚えのある声に振り向くと、僕の従者を務めていたクリーゼが買い出しの荷物を持って微笑んでいた。

「……クリーゼ。久しぶりだな、達者そうで何よりだ」

僕がそう言うと、クリーゼは大きくため息を吐いた。

「何言っているんですか。違いますよ、坊ちゃま」

そう言って屋敷の門を開く。

「家に帰ってきたら何て言うんですか？」

「……ただいま？」

「はい！　オルタ坊ちゃま。おかえりなさいませ！」

ぼくたちは屋敷の中へと入った。

「『オルタ坊ちゃまがお戻りになられました！　早くお出迎えを！』」

僕が帰ると屋敷が軽くパニックになり、玄関にメイドや執事たちが列となって僕に頭を下げる。

「『オルタ坊ちゃま、おかえりなさいませ！』」

そして、全員が満面の笑顔で挨拶をした。

「帰る資格が――何だって？」

そんな光景をみたナハトナハトは呆れた表情で僕に囁く。

「よ、予想外だ。まさかこんなに歓迎されるとは……」

「当たり前じゃないですか。オルタ様は使用人全員に優しかったですし、使用人の仕事を手伝うことすらしていたじゃないですか。オルタ様のような変な貴族様は好かれる要素しかありません」

なぜかクリーゼの方が得意げにそんなことを言う。

あまり言葉を選ぼうとしないクリーゼの性格が忌憚のない僕への率直な意見だと思えた。

「さぁさぁ、上着を脱いでゆっくりされていってください。ずいぶんと立派なお召し物ですね？お連れ様も！　汚れを払って、シワを伸ばしたらまた綺麗にしてお返しいたします」

使用人たちはそう言って僕とナハトナハトから団員服のブレザーを脱がしてしまった。

「おや、オルタ君？　どうした？　顔が赤くなっているぞ？　何か思い出したのかな？」

ナハトナハトはそう言ってワイシャツのボタンを緩めて胸元を強調する。

「僕の実家で変なことをするな」

咳払いで雑念を振り払った。

久しぶりに帰る我が家を僕はクリーゼと共に少し見て回る。

僕が出て行ってからは全く変わっていないようだった。

僕の部屋も、書斎の勉強机も僕のノートで埋め尽くされた本棚もそのまま残っていた。

ベッドのシーツですらたまに交換されているようで埃もほとんどかぶっていない。

「『オルタ様がいつ帰ってきてもいいようにせよ』とオリバー様から命じられていました」

「お父様が……そうか、僕はまだ愛してもらえているんだな」

安心してため息を吐くと、一人のメイドが僕に駆け寄る。

「オルタ様、元当主のオリバー様と現当主のクオリア様が応接室でお待ちです！」

「現当主……そうか、僕が継がなくなったから他の候補者がエーデル家の当主を継いだんだな。分かった、すぐに向かおう」

ナハトナハトを引き連れたまま応接室に向かい、入室する。

部屋で待っていた父上と黒髪の青年が立ち上がって僕を迎えた。

そして、父上は僕を見ると強く抱きしめる。

「……オルタ。ほんの少し見ない間にずいぶんと立派になったな」

「……勝手に家を出て行ってしまい、申し訳ございませんでした」

「よい、お前のことだ。きっと誰かの為の決断だったのだろう」

抱擁を終えると、父上は僕の隣のナハトナハトを見る。

団員服を羽織っていると王子様のようないでたちになるナハトナハトも上着を取り上げられた今の状態なら女性であることが見て取れたらしい。

何を勘違いしたのか「お前が女の子を連れてくるなんてな。しかも美形だ」と囁いて嬉しそうに僕のことを肘でつつく。

「オリバー様、そろそろ僕の事を紹介していただいてもよろしいでしょうか？」

父上の隣に居た黒髪の青年がそう言って貼り付けたような笑みを向けた。

「おぉ、そうだ。オルタ、お前の代わりにエーデル家の八代目当主となったクオリアだ。貴族として、とても優秀だぞ」

「初めまして、オルタ様」

クオリアが手を差し出したので、僕はそれを握った。

すると、その手には徐々に力が込められてきた。

「……オルタ様、お会いしたかったです。貴方はエーデル家の貴族となるために教育を受け、そして当主を引き継ぐ直前に逃げだした。それにも拘わらず誰一人として貴方の事を悪く言う人がいない。一体何様なんですか？」

「――!?　おいっ、クオリア！」

「オリバー様は黙っていてください」

クオリアはどうやら僕を良く思っていないようだった。

ナハトナハトは興味深そうな瞳で僕を観察している。

そうだ、これが普通の反応だ。

僕が許されているのは当時当主だった父上が僕を咎めなかったからというだけ。

僕はティムやギフテド人を助ける為にリンハール王家の一人に刃向かった。

エーデル家という身分を捨てようとしたのはそのためだったが、貴族になるための素質が備わっていなかったのは真実だ。

僕は誰も見捨てられない、その心の有りようまでは変えられない。

――だから、英雄になったんだ。

自らの人生を振り返りながら僕はクオリアに語る。

「……貴族とは領民を守り、導くこと。時として非情な選択を選び、自らやその友をも斬り捨てる決断をしなくてはならない。ただ、貴族になろうと躍起になっていた僕にはその覚悟ができていなかった」

僕は、貴族という目標に縋って、掴まって立っていただけだった。

それが、どういうことか分かっていながら目を逸らして手放すことを恐れていた。

「――だが、僕は〝今〟を選択した！　未練はない。貴族にはなれなかったが、僕は自分の生き方を全うしている。今の自分こそがエーデル家の出自の者として在るべき姿だと確信している」

真っ直ぐな瞳でそう答えると、ナハトナハトは「ほぅ」という声を上げる。

そして、クオリアは手から力を抜いて微笑んだ。

「……そうか、良かった。『後悔している』だとか抜かしたら父上の実の息子だとしても一発は殴っておこうと思っていたんだ。君の代わりに当主になったとはいえ、僕にもプライドがあるからね」

和解した様子をみて、父上は額の汗を拭う。

「ふぅ、ヒヤッとしたが……。どうだ、オルタ？　お前に似て自信に満ちた良い領主だろう」

「はい、彼ならば僕とは違い立派に貴族の責務を果たすことでしょう。僕も安心して任せられます」

挨拶を終えると、メイドたちは紅茶や焼き菓子を持ってきて、テーブルに置いた。

「寂しい歓迎ですまないな。何せ今日は世界会議《カンタービレ》といって世界中から特に優れた冒険者たちがリンハールに集まるらしくてな。ウチの使用人も何人かリンハール王城に行かせているんだ」

父上がそう言うと、クオリアが補足する。

「世界で五人しかいないと言われる最強の冒険者、〝英雄〟が来城されるということで国中が緊張感に包まれている。君たちも間違って英雄様に粗相などしてしまわぬように気を付けることだ。へタしたら国の存亡に関わるからな」

その話を聞いて、「今は六人だがな」とナハトナハトは呟いて笑う。

「寂しいだなんて、むしろ盛大に迎えられて驚いていたほどです。それに僕もあまり長居はできないので。そうだろ？　ナハトナハト？」

「あぁ、オルタ君。そろそろ時間だな。行かなくてはならない」

そう言って、ナハトナハトは紅茶を一気に飲み下した。

「分かった、クリーゼ。悪いが上着を返してもらえるか？」

「かしこまりました！　粉塵だらけでしたよ？　荒野でも歩かれていたんですか？」

クリーゼは冗談を言うように笑った。

実際に荒野を魔導車で爆走してきたので間違ってはいないのだが。

クリーゼが上着を取りに行き、僕とナハトナハトが立ち上がると父上は慌てて訊ねる。

「ちょっと待ってくれ！　オルタの近況も聞かせなさい。それに、オルタ。その女性の紹介をしなさい！　一番気になっていることだ！」

確かに、自分のことを話していなかったことに気がついた。

「あぁ、すみません。何やら期待をさせてしまったようですが、単なる仕事仲間です。ナハトナハト、自己紹介を頼む」

メイドが持ってきたアルゴノーツの団服を背中に羽織りながらナハトナハトは自己紹介を始めた。

「オルタ君と同じギルド、『アルゴノーツ』で英雄をしているナハトナハトだ。オルタ君は我がギルドで預からせてもらっているよ」

僕も団服の上着を羽織って頭を下げる。

「父上、今僕は英雄という立場で人類を守る仕事をしています。立場は違えど、志は変わりません」

僕の団服に刺繍された『アルゴノーツ』の紋章を見て父上とクオリアはあいた口が塞がらなくなっているようだった。

「え、英雄様……？　それにオルタもだと……？」

「すみません、詳しくはまた帰った時にします。お父様、僕を愛してくださり、ありがとうございます。僕もお父様を心より愛しています。それでは」

それだけを言って屋敷を後にすると、僕はリンハール城へと向かった。

「さて、早く着いている冒険者もいるだろうがまずは会場を貸してくれる王様に挨拶をしよう」

段取りを決めるナハトナハトに僕は提案する。

「リンハールの王は病床に伏せっているんだ。できの良い王子がいて、今回対応しているのもそいつだろう。僕から話を通そう」

リンハール城に着いて門番に話を通すと、すぐにシャルさんが来てくれた。

「……オ、オルタ様⁉　それに、そのお召し物と隣の方はもしかして……⁉」

「シャルさん、お久しぶりです。会場をお借りして忙しくさせてしまいもうしわけございません。あれから色々とあって……今は英雄をしています」

「えぇっ⁉　す、すぐに会場にご案内しますね！」

ガチガチに緊張したシャルさんに連れられてきた会場ではアサドが何やら忙しそうに指示を出していた。

僕は声をかける。

「アサド、久しぶりだな！　そんな立派なマントを着ているということは、王位は君が継いだのか⁉　君も頑張っているじゃないか！」

「――オルタ！　帰ってきたのか！　貴様には色々と言いたいことがあるが、今はお前に関わっている暇はない！　今日は英雄様が来られる、悪いがまた後日訪ねて来てくれ」

アサドはそう言って僕からすぐに目をそむけて今日の段取りを書いた資料に目を落とす。

「あ～……ごほん」

僕の隣にいるナハトナハトがわざとらしく咳をすると、アサドは気がつき慌てて頭を下げた。

「その団員服の紋章は手紙に載っていたモノと同じ……！　あ、貴方が英雄、ナハトナハト様ですね！　気がつかず申し訳ございません。開始まではまだお時間がありますので――」

ナハトナハトは僕の肩を掴んでアサドの前に引っ張り出す。

「あぁ、そいつのことは気にしないでください。自分と腐れ縁のどうしようもない友人で……ちょっと待て、オルタ。なんで貴様が英雄様と同じ服を着ている……？」

「アサド君といったか？　彼も僕と同じ『英雄様』だ」

アサドは言葉を失って、手に持っている物を全て落とした。

「はぁぁ⁉」

そして、その絶叫に部屋中のメイドが全員振り返った。

第十七話　フィオナは会議に出たくない

フィオナ・シンシア救護院――

「「フィオナ様！　今日もお勤めご苦労様です！」」

朝の支度を終えて、ギルド内の朝礼を終えた私のもとにシンシア帝国の各ギルドのギルド長たちが門の前で出待ちをして頭を下げていた。

もはや見慣れてしまった異様な光景に私は呆れてため息を吐く。

「あの、ですから毎朝挨拶になんて来なくても大丈夫ですよ？　別に私はあなた方に嫌がらせをしてやろうとかは考えていませんから――」

「滅相もございません、今まで生意気な態度を取ってしまい大変申しわけありませんでした！　雑用でもなんでも、何なりとお申しつけください！」

誰よりも声を張り上げて頭を下げるのはコールスラッシュのギルド長エディオだ。

あれだけ私たちを馬鹿にしていたのに、今やその姿が見る影もない。

あの会議の後、アベルのランクがＴｉｅｒ３相当であることが判明し、フィオナ・シンシア救護院の地位もシンシア帝国内のギルドでは一番上になった。

そうしたら、案の定何かの間違いだと各ギルドのリーダーがウチの救護院に乗り込んできた。

その時、丁度外で薪割りをしていたアベルが入り口でウチのギルド員がエディオたちに突き飛ばされる姿を見て激高し、全員を一度に相手取って薪割り用の斧でみねうちをし、全員倒してしまった。

実力主義が蔓延しているこのシンシア帝国のギルドなだけあって、みんな驚くほど素直に私たちのギルドにこうして媚びへつらっているというわけだ。

「フィオナ様、またこいつらですか？」

「アベルさん！　おはようございます！」

そして、アベルが顔を出すと全員がより一層背筋を伸ばしてから頭を下げた。

「勝手に来るのはいいが、フィオナ様にご迷惑はおかけするなよ？」

「あはは、迷惑だなんて。たまに雑用を手伝ってもらっていますし、とても良い方々ですよ……今となっては」

各ギルド長たちは私の言葉を聞いてホッとしたように息を吐いた。

「――ただ、私のギルド員たちが町で働いている姿を見かけたら敬意を持って接してください。困っている人がいたら手を貸してあげてください。もしも、イジワルをしているところを見かけたら容赦はしません。これを各ギルド内で徹底するように」

「は、はいっ！」

私が脅しをかけると再び緊張感のある表情で返事をする。

実際、私がこうして各ギルドに影響力を持つ立場となったことでシンシア帝国全体の治安が改善されていっているようだった。

各ギルド長たちをそれぞれのギルドへ帰らせると私は隣の彼に頭を下げる。

「アベル、ありがとうございます。あなたの力を利用して、シンシア帝国も少しずつ変わってきています」

「いいえ、私がフィオナ様の想いに共感し、ギルド員となったギフテド人の人々への償いとして力になっていることです。感謝されるようなことではありません」

そう言って、朝の日課の薪割りの為に彼は巨大な大木を軽々と片手で掴み上げた。

そんな姿を見て思わず聞いてしまう。

「それにしても、本当にティム君が貴方を倒したのですか？」

「はい、さらに禁断の手段にも手を染めて自身を強化していたのですが、手も足も出ませんでしたよ。しかもたったの一撃、まさに一瞬の決着でした」

「そ、そうなんですか？　ティム君、そんなに立派に……わ、私なんてもう相手にしてくれないかも……」

そう言うと、私の頭が背後からチョップされた。

「あほか、お前なんか今やギルネ様より立派にギルド長やってるだろうが」

「ガナッシュ！　わ、私がギルネ様になんて及ぶはずがありません！　失礼ですよ、撤回してください！」

「おいおい、そんな調子じゃギルネ様にティムを取られちまうぞ？」

「わ、私は別にティム君を自分のモノにしようだなんて思っていません！　ティム君が幸せな方に——も、もちろん万が一ティム君が私を選んだりするようなことがあったらそれは了承せざるを得ませんが！」

「ばかやろう、いいか？　ギルネ様はああ見えて恋に対してはめちゃくちゃヘタレだと見た。おそらくまだ自分からは手もつなげていないだろう」

「いやいや、二人が旅に出てからもう三か月ですよ？　ギルネ様がその気になればもう一日でいくところまで……。というか、そんなニルヴァーナ様が喜びそうな話は今はいいです。ガナッシュが朝からギルドにいるのは珍しいですね。いつもは酔いつぶれてますのに」

　自分でとんでもないことを言いそうになっていることに気がつき、私は慌てて話題を変える。

「確か明日だろ？」

「……明日？」

「世界会議《カンタービレ》に呼ばれてるのは。俺はそれを言いに来たんだ、今から向かわないと間に合わねぇぞ？」

　ガナッシュ様に言われて思い出す。

　いや、忘れようとしていて上手く忘れられていたのに思い出してしまった。

「嫌です。行きたくありません。しかも、出席するのはギルドの場合『ギルド長一人』ですよ？　私なんて、ベヒーモスの檻に放り込まれたアルミラージみたいなもんです」

「開催場所は隣のリンハール王国だ。参加しなかったらかなりひんしゅくを買うだろうな」

「ぐ……そうですよね。おそらくわたしたちへの配慮でしょうし……はぁ、分かりました参加だけします。目立たないように、会場の空気と同化して席に座ってきますね」

「土産の酒も頼むぞ～」

私はロックさんの馬車に乗せてもらい、リンハール王国へと向かった。


夜通し走って翌朝――

私は一人、リンハール王国に到着した。

「ロックさん、ありがとうございます」

「おう！　気を付けてな！　リンハール城はこのまま真っすぐだ！」

門番さんに招待状を見せると、凛とした雰囲気のシャルさんというメイドさんが案内をしてくれる。

会場となる大広間の円卓にはすでに六人ほどが座って、何やら談笑していた。

私は目立たないよう、小さくなりながら席に座る。

しかし、座った瞬間冒険者さんたちの視線が私に注がれた。

「おい、お嬢ちゃん。ここは世界会議《カンタービレ》の会場だぞ？　間違えてるんじゃないか？」

「あっ、いえ！　私も招待されまして！　フィオナ・シンシア救護院のギルド長のフィオナ＝サンクトゥスです！　よろしくお願いいたします！」

「お前が招待を……？　あぁ、なるほどギルド員の誰かが実力者なのか」

「お嬢ちゃん、清楚な見た目で人をたぶらかすのが上手いんだな～」

そう言って笑われるので、私は精一杯の愛想笑いをした。

大丈夫、空気だ、空気になるんだ。

ティム君の数を数えて気分を落ち着けるんだ……。

ティム君が一人、ティム君が二人、ティム君が三人……、

「――僕が出た後、ティムたちはすぐ旅に出たのか？」

「ティム君⁉　い、今ティム君って言いましたか⁉」

ティム君の名前が聞こえて、私はつい前にいた二人の男の子に話しかけてしまった。

そして、二人のいでたちを見て戦慄する。

一人は立派なマントを身につけ、もう一人は送られて来ていた招待状に載っていた紋章と同じ刺繍が入っている。

（お、おお、王様と英雄様だ……！）

やばい、特に英雄様なんて世界最強のギルドの一員だったはず……こ、殺される……！

二人が笑顔で私の席に近づいてきたので、私は急いで立ち上がった。

土下座の体勢に入る前に日焼けしたような肌色の王様が私に語りかける。

「君もティムを知っているのか⁉」

「は、はは、はい！　ティム君は私の前身のギルド、『ギルネリーゼ』の出身です！」

どうやら許してもらえそうだったので、私はそのままどうしても気になっていることを訊ねる。

「あ、あの！　ティム君は元気そうにやっていましたか⁉」

「あぁ、ティムはギルネ嬢と一緒に東へと旅を続けているよ」

「東へと……！　良かった、ギルネ様もお元気なんですね……」

ティム君の状況を知り、私は心の底から安堵する。

「ティムめ、故郷にもこんなに美しい女性を残していたのか」

見たこともないくらい端整な顔立ちの英雄様は私を見てそんなお世辞を言った。

「オルタ、口説くなよ？」

「分かっている、もうティムに殴られたくはないからな。そういうアサドだってギルネに求婚したと聞いたぞ？」

「あぁ、あの時は彼女の中身が分かっていなかったからな。俺もその時ティムに決闘で負けた身だ、もう懲りたさ」

「――えっ⁉　す、凄い……ティム君英雄様を殴って、王様も決闘で破ってるの⁉」

そっか、ギルネ様に手を出されたらあの温厚なティム君でも怒るんだ……。

相手が王様や英雄様でも……やっぱりカッコいいなぁ。

そうして話していると、オルタ様と同じ上着を羽織ったこれまた綺麗な顔立ちの方が私たちに呼びかける。

「君たち、定刻だ。世界会議《カンタービレ》を始めるぞ」

第十八話　世界会議、開催

「さて、定刻だ。世界会議《カンタービレ》を始めよう」

ナハトナハトは僕の隣で何の緊張感もなく会議を始めた。

僕はただ隣にいて会議の様子を見守っていてくれと言われている。

この場に集まったのは七つのギルドの長と三人の冒険者だ。

ギルドは『ビヨンドクレイブ』、『フィラリウス商会』、『エクセラ魔道協会』、『グランディール』、『レンダリング』『ロマネスク』そして、『フィオナ・シンシア救護院』。

冒険者は『ギラ＝トゥループ』、『カティラ＝サンライザ』、『イワナディ＝トールマン』である。

全員、Ｔｉｅｒ３～１の歴戦の猛者なだけあって威圧感が凄い。

それにも拘わらずナハトナハトは自分の姿勢を崩そうとはしなかった。

僕はナハトナハトにこっそりと囁く。

「おい、もう少し態度を柔らかくした方がいいんじゃないか？　開催場所もこちらの都合で勝手にこの辺境にしたのだろう？　快く思っていない者も多いはずだ」

「なに、心配はいらない。すぐにみんなが僕に合わせてくれる。ここでは強さが全てだからな」

そう言って笑う。

「さて、会議を始める前に軽く自己紹介をさせてもらおう。僕はナハトナハト＝マグノリア。英雄の一人だ。【隠蔽《フェイク》】を外しておくのでステータスは自由に見たまえ」

「……こいつも化け物か。全く、英雄って奴はどいつもこいつも……」

そんな呟きと共に、フィオナ君以外は全員ため息を吐いた。

「そして、隣にいる色男は先日新しく英雄に成ったオルタ君だ。彼はウチの秘密兵器だからステータスには【隠蔽《フェイク》】をかけさせてもらっている。まぁ、僕と同程度の強さだと思ってくれていい」

ナハトナハトはハッタリを混ぜながら淀みなく説明を続ける。

そういえば、ここに来る前に変な魔法をかけられていた。

「さて、まずはこのリンハール王国を開催地として快く貸してくれた王様から挨拶をしてもらおう」

そう言って、部屋の端に立っていたアサドを呼ぶ。

始まる前にアサドにお願いされていたことだった。

アサドは緊張した面持ちで冒険者たちの前に立ち、頭を深く下げた。

「リンハール王国、国王のアサド＝リンハールです。みなさま、この国を名誉ある会議の会場に選んでいただき誠にありがとうございます。一つ、私からも議題を提供させていただきたいのですが……よろしいでしょうか？」

「ふん！　たかだか弱小国の一王が、会場に選ばれただけで調子にのるな！　お前はただ会場を貸し与えさえすればいい」

『ロマネスク』ギルド長、〝アックスレイダー〟の異名を持つドンファンがそう言うと、手で払うような身振りをみせる。

　僕はアサドの隣に立った。

「彼は自分の友人でもあります。話をさせてやってはくれないでしょうか？」

　僕がそう言うと、ドンファンは「ちっ……」と舌打ちをして腕を組んだ。

　思ったとおり、〝英雄〟である僕には逆らえないようだ。

「かまわないぞ、続けたまえ。手短にな」

　ナハトナハトが許可すると、アサドは話を始めた。

「はい、この国は隣のシンシア帝国の半ば属国となっております。そして、シンシア帝国の王室は〝神童《デウス》〟の血液を手に入れ力を蓄えて世界征服を目論んでいます。力が強大になる前にどうか、その災厄を取り除いてくださいませんでしょうか？」

「ふん、どうでもいい話だったな。人間族《ヒューマン》の国が力を蓄えたところでどうとでもなるまい。この会議にお前の国の事情を持ち込むな」

　そう言うと、ナハトナハトはフィオナ君に目を向けた。

「シンシア帝国のギルドなら丁度今回新しく入った彼女がいる。彼女からも話を聞こう」

「は、はい！」

　そして、フィオナ君が立ち上がった。

「アサド様の言っていることは恐らく本当です！　シンシア帝国には酷い王子たちがいます！　今、そんな王子たちを倒そうと頑張っている冒険者もいるのですが、可能であれば皆さんのお力添えもお願いしたいです！」

　フィオナ君の必死の訴えを聞くと、冒険者たちは笑った。

「おい、お前倒してきたらどうだ？　一人で全員片付けられるだろ？」

「他国の革命なんて面倒なことできるか。まぁ、この世界会議《カンタービレ》で話すような重大さはないことは確かだな」

　冒険者たちはそんな話をする。

「ふむ、彼らの言うことも一理あるな」

「何っ⁉　ナハトナハト、お前までそんなことを言うのか⁉」

「オルタ君、言っただろう？　強さが全てだと。あの子もアサド王子もとても弱いんだよ。君はまだ人のステータスを見る事ができないから分からないと思うが。今回の会議で扱うのは魔族が絡んでいたりだとか世界規模の問題だ。一国のいざこざに関わっている暇は無いというのが現状だ」

　ナハトナハトは「あとで僕が話を聞こう」と言い、アサドを会場の端にかえした。

　そして、コホンと軽く咳払いをする。

「では、最初の議題から始めようと思う――」

　そう言った瞬間、ナハトナハトは急に瞳を大きく見開いた。

「いや、中断だ！　魔族の魔力を感知した！　ここから東方だ、そう遠くないぞ！」

「何だと⁉」

　ナハトナハトは急いで筒状の道具を取り出し会場の窓から東の方角をのぞき込む。

他のギルド員たちも魔術を使ったりしてナハトナハトと同じように東の方角を見ていた。

「あの場所は……オルケロンか。すでにドラゴンの群れに襲われているな。一刻も早く向かわなければ壊滅するだろう」

「東⁉　東の方角なんですか⁉」

冒険者の呟きに、フィオナ君が反応した。

僕は頑張って目を凝らすと、確かに遠く地平線の手前の空にぼんやりと大量の何かが飛んでいる。

アレがドラゴンの群れだという事らしい。

ナハトナハトは笑った。

「ふふ、魔族め。僕が近くにいたのが運の尽きだな！　みな、悪いが火急の用事だ。僕たち英雄は魔族討伐の為に速やかに向かわせてもらう。続きは戻ってからだ。行くぞ、オルタ君！」

「ま、待ってください！　私も連れて行ってください！　東の方角なら、ティム君がピンチになっているかもしれません！」

フィオナ君がナハトナハトの腕を掴んで頭を下げた。

「ふむ、問題ない。僕の魔導車は四人乗りだ。だが、君のような者が来ても役にたてるか」

ナハトナハトがそう言うと、フィオナ君は手を掲げる。

「来てください、ニルヴァーナ様」

そして、その手には白い杖が出現した。

「なるほど、神器持ちか。それも主神レベルの……素晴らしい、ぜひとも来たまえ！　オルタ君、急ぐぞ！　君が魔導車に魔力を注げば木だろうがなぎ倒して超高速で進むはずだ！」

「あぁ、任せたまえ！　二人とも、しっかり掴まってくれよ！」

僕とナハトナハト、そしてフィオナを乗せた魔導車は東へと向けてばく進した――

第十九話　とある晴れた日の正午。魔族の襲来

――それは、何の前触れもなかった。

オルケロンに着いてから一か月後のある日、突如として空にドラゴンの大群が現れた。

そして、交渉の余地もなく一斉にオルケロンへと向けて火球を吐き始めた。

周囲の家々が燃え、僕は《洗濯スキル》から水流を操って大慌てで消火する。

そして、空を見上げた。

（統制の取れたモンスターの襲来……！　もしかして、また魔族のしわざ……!?）

『ダイナー』で仕事をしていた僕は慌てて女装を解いて神器であるフライパンを手に取る。

「ティム！　妖精たちと隠れていたまえ！　私たちが相手をする！」

リフィアさんを筆頭に森守族《エルフ》の皆さんは店内から弓を持ち出してドラゴンたちを狙い撃ち始めた。

「いえ！　僕も戦えます！　それに、仲間が心配です！」

「……分かった、君も冒険者だったな。無理はしないように。君も私たちにとっては大事な仲間な

んだ」

「はい！」

僕は駆け出す。

まずは、アイラやアイリと一緒に居るはずのギルネ様を捜さないと……！

レイラもきっとギルネ様を捜しているはずだ。

（ひとまず、高いところに行こう！　そこからなら国全体を見渡せるはず！）

「《裁縫スキル》……【蜘蛛の糸《スパイダー》】」

僕は両手からスライム糸を飛ばして、先端に付けた縫い針で建物を縫い付けた。

そして、スライム糸の弾力を生かしてゴムに括りつけられた石のように自分の身体を空へと飛ばす。

このオルケロンで複数のアルバイトをこなす為に身に付けた高速移動手段だ。

そんな立体機動をしながら町全体が見渡せる一番高い教会の鐘の屋上に上った。

そして国中を見渡す。

火球を撃ち終わったドラゴンたちのうちの何匹かは人魚たちがいる浜辺へと降り立っていた。

人魚たちがドラゴンに襲われている。

海辺では火球が効かないので、ドラゴンたちは直接その鋭い爪で襲うことにしたのだろう。

野生のドラゴンにそんな知能があるのかも分からないが、なによりわざわざこんな国を襲ってきたりはしないだろう。

やはり誰かが指揮を執っている可能性が高い。

（くそ……！　ここからじゃ遠い……！）

僕は糸を飛ばして必死で向かったが、間に合うかは分からなかった。

ドラゴンが僕の目の前で頭にピンクの貝殻の髪飾りを乗せた人魚に鋭い爪で襲い掛かろうとする瞬間――

「どっせーい！」

鉱山の方角から飛び出して来た、巨大な斧を持った剛腕族《ドワーフ》たちがドラゴンに斬りかかった。

大人数の剛腕族《ドワーフ》にドラゴンは身体を突き飛ばされると、そのまま全員で押さえつけられて翼を斬られる。

僕がようやく到着したのはその後だった。

「あ……ありがとうございます！」

人魚さんは剛腕族《ドワーフ》のみなさんにお礼を言っていた。

「なぁに、ドラゴンとの戦いは俺たちに任せて、お嬢さんたちは海の中に避難していてくれ！　心配しなくてもこの国は俺たちが守る！」

「は、はい！」

剛腕族《ドワーフ》の人たちに言われて、陸にいた人魚の方々は海の方へと走る。

「宿屋から剣を取ってきたわ！　これで私も戦える！　あっ、ティム！」

「レイラ！　無事だったんだね！」

そして、レイラもこの場にやってきた。

「坊主たち、ここは俺たちに任せろ！　こういう危機の為に俺たち剛腕族《ドワーフ》はいるんだ」

「はい、お願いします！　じゃあ、レイラ。ギルネ様を捜そう」

「で、でもどこにいるのかしら」

そんな話をした直後に少し離れた場所で落雷の音が聞こえた。

「レイラ、あの場所だ！」

「そうね！　ティム、急ぎましょう！」

二人で向かおうとすると、先ほど助けられた人魚はレイラに話しかけた。

「レイラ！　私、勘違いしていたみたい！　私たちは、ずっと守られていたんだわ。でも、それに気が付かずに横暴な態度を取ってた」

「セーラ……」

そして、頭を下げた。

「レイラ、私たちにもやれることはあるはず！　地上で戦ったりはできないけれど、人魚にできることをするわ！」

「分かったわ！　でも、無理はしないで！」

「レイラも気をつけて！　ティム君とのこと、頑張ってね！」

僕は【蜘蛛の糸《スパイダー》】の立体機動で、レイラはその俊敏な足でギルネ様への下へと向かった――

ドラゴンの群れはなおもオルケロンの街を焼き、鋭い爪で住人達を襲っていた。

森守族《エルフ》は弓で応戦し、剛腕族《ドワーフ》は高い建物の上で斧を振り回す。

人魚族《シャーク》はドラゴンの口から放たれる火球で燃えてしまった家屋の消火活動を始めた。

人魚族《シャーク》も僕と同じように水流を操れる魔法が使えるらしい。

当然、陸に上がった人魚はドラゴンに狙われてしまうので、剛腕族《ドワーフ》が一人一人付いて、その護衛をしている。

そんな中、僕たちはギルネ様と合流した。

「ティム！　無事だったか！」

「ギルネ様も！　アイリとアイラも無事ですか⁉」

「あぁ、平気だ。妖精猫《ケットシー》たちを避難させていたから動けなかったが、ティムたちが来てくれて助かった。また魔族による襲撃だろう」

そう言って、ギルネ様は空を指さす。

「ティム、北の方角を見てみろ。あの一番高い位置にいる黒いドラゴンだ。誰かが上に乗っているだろう？　おそらく、あれがドラゴンたちを引き連れてきた魔族だと思う」

すると、突然朗々とした声が響いた。

「マゼラン様！　どちらにおられますか⁉　わたくし、タイラントはすでに攻撃をしかけております！　住民たちが意外と手ごわく手を焼いております！　このままでは先に英雄が来てしまわれますぞ！　お力をお貸しください！」

あんなに上空にいながら国中に響き渡るほどの大声。

生き物としての規格外なパワーを感じる。

「自分で名乗ったな。タイラントというらしい」

「もう一人、マゼランとかいうのもいるのかしら？」

「いや、来ていなくてやや焦っているという感じだな。なにがあったのかは分からんが、そのマゼランとかいうやつが出てくる前に倒してしまおう。二体になると厄介だ」

「はい、ですがあんなに高い位置に空を飛ばれていては……ギルネ様の雷は届きますか？」

「あそこまで遠いと射程範囲外だな……」

「そうだね、何かあそこまで高く上に上がる方法があればいいんだけど……」

僕は考えた。

「高く……そうか！　ギルネ様、引き続きアイリとアイラをドラゴンたちから守っていてください。レイラもその素早い足を活かして住民たちを守ってあげて！」

「ティムお兄様はどうされるのですかっ⁉」

「僕が、あのタイラントって奴を叩き落としてきます！」

僕はそう言い残して路地裏から出ると、北に向けて直線に延びる大通りに向かう。

本体である魔族、タイラントを倒さないときっと攻撃は止まない。

しかし、ドラゴンたちに攻撃をさせたまま本人は遙か上空で漆黒のドラゴンにまたがり、翼をはためかせながら不気味にその場に留まっていた。

（何だろう、タイラントから凄く危険な気配を感じる……早く倒さなくちゃいけないような……それに長引けば長引くほどに被害も大きくなるし……）

とはいえ、空を飛べるのは妖精族《フェアリー》だけ。

その妖精族《フェアリー》には戦闘能力なんてないし、今もドラゴン達にやられてしまわないように隠れてもらっているくらいだ。

僕は呼吸を整えると、右手にトンカチ、左手にノコギリを持って口には釘を咥えた。

そして、タイラントが浮かぶ方角へ向けて全力で走り出す。

登って行くしかない、僕が……あそこまで。

僕は大通りを疾走した。

「《工作スキル》……！　【高速建築《フォトナ》】！」

一瞬のうちに木材を【生成《ジェネレート》】し、ノコギリで形を整えて釘をトンカチで打ち付ける。

そうして、駆け上がる速度と同じ速さで目の前に階段を作っていった。

僕は継ぎ足しながらそれを上へ上へと積み上げる。

タイラントのもとまで高く駆け上がれるように――

建築しながら上へと登る僕を見て、タイラントは驚いたように体勢を少し崩した。

「お前たち、あいつを止めろ！」

タイラントが大声で命じると、駆け上がる僕の左右からドラゴンが迫ってきた。

（ダメだ！　ドラゴンの突進は防げない……！）

対策を考えつく事も出来ず、目の前にドラゴンが迫る。

その瞬間――

「ティムの小僧に道を作れぇぇ！」

剛腕族《ドワーフ》の族長、ガラントさんがそう叫びながら、周辺の剛腕族《ドワーフ》と共に高台から飛び出し、ドラゴンに斧で次々と斬りかかる。

斧はドラゴンの鱗に遮られたが、剛腕族《ドワーフ》たちは執念で翼を掴かみ、ドラゴンとともに地上に落ちていった。

この高さじゃ剛腕族《ドワーフ》のみなさんもタダでは済まないはずだ。

そんな様子を目の当たりにしつつ、僕は泣きそうになるのを堪えて振り返ることなく足場を作り続けて上へと登った。

それが、僕の道をつないでくれた剛腕族《ドワーフ》の皆さんの気持ちを酌むことだと思った。

（とにかく、早く上へ！　あいつさえ倒せばドラゴンはいなくなる！）

しかし、タイラントが指示をするとまたすぐに別のドラゴンたちが僕に襲いかかる。

もう、剛腕族《ドワーフ》の皆さんが建物から跳んでも届かない高さだ。

そんなドラゴンたちの翼は、今度は大量の矢で射貫かれた。

「みな、ティムにドラゴンを近づけさせるな！　翼には矢が通る！　翼を狙え！」

リフィアさんが何やら号令をかけると、町中の森守族《エルフ》達が僕を援護する為に矢を放った。

的確な射撃で撃ち落とされるドラゴンを見て、他のドラゴンたちはたまらず僕と距離をあけて回避に転じる。

「何をしている！　近づけないのであれば足場を燃やしてしまえばよいだろう！　火球を放て！」

タイラントの命令で、ドラゴンたちは僕の足場に向けて火球を撃ち込み始めた。

しかし、今度は下から大量の水流が放たれてその火球は打ち消されていく。

「みんな、ティム君を守って！　レイラの好きな人が私たちの為に頑張ってるわ！　私たちも頑張らなくちゃ！」

「「お〜！」」

水が放たれた方向を見ると、人魚族《シャーク》のみんなが何かを言って鼓舞し合いながら僕に手を振って応援していた。

仕事を共にする中で繋いだ絆、周囲の助けを借りて僕は階段を作り、登り続ける。

タイラントの乗っているドラゴンは逃げようともせずに首を上へと向け続けていた。

その様子が不気味でいて、一刻も早く倒さなくてはならないと強く思えた。

（あと少し……！　あと少しなんだ……！）

しかし、わずかに及ばなかった。

タイラントのもとまで残り二十メートル弱、これ以上足場は延ばせない。

支えは地上で作った礎の部分のみ。

これより上に登るには強度が足りない、このままだと真ん中の部分でポッキリと折れてしまうだろう。

それでも僕は足場を継ぎ足して信じながら上へと進むしかなかった。

だが、僕の予想とは裏腹にこの足場はしっかりと僕を支え続けてくれた。

「ティム君の為に頑張るのよ～!!」

「みんな、勇気を出して～！」

そんな鬼気迫る声にチラリと視線を向けると、妖精たちが必死に羽ばたきながら僕の建築した足場の中間部分が折れないようにみんなで必死に持ち上げてくれている。

「あいつら……！　それは勇気を出しすぎだ！　お前たち、弓矢で妖精を死守しろ！」

「「はい！」」

そんな妖精達にもドラゴンが危害を加えないように森守族《エルフ》達が弓矢で必死にけん制していた。

（ありがとう……！　絶対に僕がタイラントを倒す……！）

そうして、僕はタイラントまであと数メートルのところまで迫った。

イケる、あとは神器《フライパン》をどうにか叩きつけて――

僕を前にタイラントは笑った。

「小僧、良い気付きだったがあと一歩遅かったな。丁度チャージが終わったところだ、街を燃やし尽くせ、【災厄の業火《インフェルノ》】！」

そう言った直後、タイラントの騎乗していた漆黒のドラゴンがその首を下ろして街を飲み込む程の大きな火球を吐き出した。

「くっ、お願いだ発動してくれ！　【雑用時間《サーバントタイム》】！」

目の前の火炎を前に僕は想いを込めて拳を握る。

いつもは無意識に発動してるんだ、ならばできない道理はない。

この国の住人たちを、そしてギルネ様たちを守る為に。

『奉仕をしたい！』そんな気持ちで火球と向き合った。

「……よし！」

どうにか成功したらしい、音が静かに流れて、時の流れが遅くなっていた。

しかし、目の前の凶悪な火球が無くなる訳ではない。

（考えろ、考えろ、考えろ……！　何か……どうにかするんだ！）

しかし、いくら考えてもどうすることも出来なかった。

遅くなった時空の中では誰も助けになんてこれない。

（僕は一人じゃ何にもできない……！）

ここに来られたのだって、他の種族の皆さんが手助けをしてくださったおかげだ。

頭の中が絶望で染まり始めると――不意に僕の肩が叩かれる。

「あーはっはっ！　ティム！　相変わらず無茶をしているようだな！」

聞き覚えのある高笑いとともに嫌みな程に整った顔が僕の背後にあった。

僕は思わず口をあんぐりと開けて見間違えかと何度も目をこする。

「オルタ⁉　どうやってこんなところに⁉」

「君がこの足場を作ったのだろう？　僕はただ駆け上っただけだ！　そのせいでもう崩落を始めて

いるがな！」

「いや、そうじゃなくて！　そもそもどうやって僕と話してるんだよ！」

僕は周囲を見渡す。

ドラゴンがはためく翼、森守族《エルフ》の皆さんが放っている矢は明らかにスローモーションのままだった。

目の前の火球が近づく速度もゆっくりだ。

【雑用時間《サーバントタイム》】は解けていない、僕が居るのは高速の世界のままだ。

「あぁ、そんなことか。簡単だ、僕の時間の流れも今は遅くなっているんだ。〝時空魔法〟というやつだよ」

「よ、よく分からないけれど。オルタならこの状況も何とかできるのか!?」

「あーはっはっはっ！」

僕の問いにオルタは自信満々な表情で高笑いをする。

「無理だ。僕には打つ手が無い」

「えぇぇ!?　ど、どうするんだよ！　こんな大きな火球、国ごと火の海に沈むぞ！」

「僕は無理だが、〝彼女〟がどうにかしてくれるさ！」

「……彼女？」

よく見ると、オルタの背中に小さな手がかかっていた。

オルタは誰かをおんぶしているらしい。

しかし、その誰かは背中に隠れていて顔を出そうとしない。

「彼女にも時空魔法はかかっている。僕たちと同じ速度の世界だ。話はできるはずだが」

「む、無理無理無理！　ティム君と会うならちゃんと身だしなみを整えてからにさせて！　髪の毛もしっかり洗って、可愛い下着も――」

「フィオナ君、そんなことしている間に僕たちは消し炭になるぞ？」

「も、もしかして……！」

オルタの背後からは懐かしい声がしていた。

「ティ、ティム君……久しぶり。こ、ここ、こんなところで会うなんて奇遇だね。えへへ……」

「フィオナ!?　おい、オルタ！　ふざけるな、フィオナまでこんな危険な場所に連れてきたのか！」

僕はオルタの胸ぐらを掴む。

「ち、違うの！　オルタ様には私が連れて行ってってお願いしたの！　ティム君がいる気がしたから！」

「そんなことより先にこの火球をどうにかできないか？　積もる話は後ほど紅茶でも飲みながらにしよう」

悔しいが、オルタの言う通りだった。

このままじゃみんな死んでしまう。

「――で、フィオナ君。あの火球を防ぐ術はあるのか？」

オルタが訊ねると、フィオナは手に以前ギルネ様が手放した白い杖を召喚した。

これも神器だったはずだ。

「……ニルヴァーナ様によると、《防ぐ神技はあるけれど、私の魔力では足りない》みたいです……」

「ならば問題はないな、僕の魔力を分け与えよう。貧する者に分け与える、これも英雄の義務だからな」

偉そうにそんな事を言って、オルタが杖に手を添えると杖からは魔力があふれ出した。

「と、とんでもない魔力です！　流石は英雄様！　これならいけます！　【四重魔法障壁《クワトロ・ニルヴァーナ》】！」

フィオナが唱えた瞬間、瞬時にオルケロン全体を包み込む程の巨大な魔法障壁が張られた。

「す、凄いよフィオナ！　よし、あとはタイラントを倒せれば――」

「こ、これだけの魔力があればニルヴァーナ様も本気を出せるそうです！　なんか、凄いノリノリになってます！　あっ、勝手に魔法が――」

慌てふためくフィオナの背中には突如、純白の翼が生えた。

まるで天使のようなその姿に思わず僕は口を開けたまま固まってしまい、フィオナは「えぇぇぇ!?」と戸惑いの声を上げる。

しかし、僕はすぐに思いついた。

「フィオナ、その翼で飛べるなら僕をあの黒龍――タイラントのもとに連れて行って！」

「う、うん！　あ、でも恥ずかしいからあまり見ないで……！」

「フィオナ君、僕を置いていかないでくれたまえよ？　僕の魔力供給がないと翼も維持できないぞ？」

僕はフィオナと手を繋ぎ、オルタは杖にぶら下がったままタイラントの上空まで飛んで行った。

「ゲンブさん、来てください！」

《よし、ようやくこの身体を魔族に叩き込めるな！　小僧、遠慮はいらんぞ！》

僕は神器――青いフライパンを召喚して手に持った。

タイラントはまだ僕が自分の上空でフライパンを振りかぶっていることには気がついていないようで、勝利を確信したような笑みを浮かべたままだった。

漆黒のドラゴンが吐き出した巨大な火炎球が目くらましになっているようだし、そもそも僕たちは今高速の世界で動いているからだろう。

そして、僕はフィオナの手を離して空中に飛び出す。

フライパンを両手で持ち、唯一使える神技を発動した――

「神技、【韻波句徒《ヴィラ・ゲンブ》】！」

高速の世界からの一撃、速さは衝撃となる。

さらに、この神技でゲンブさんのボディプレスさながらの威力がこのフライパンに宿る。

相乗されたその破壊力は計り知れなかった。

街に叩き落とすと被害が出てしまうことは確実だったので、僕は海辺から沖の方へと向けてタイラントの顔面にフライパンを振り抜いた。

タイラントの下半身はドラゴンと同化していたため、ともに墜落する。

直後、僕の【雑用時間《サーバントタイム》】が解かれ、オルタも時空魔法を解除したようだった。

まるで隕石のように音速で吹き飛ばされるタイラントが海に墜落する。

「ティム君！」

そして、フィオナは僕が落ちる前に再び手を繋いで翼をはためかせた。

海に墜落したタイラントの水しぶきがまるで巨大な噴水のように立ち上り、大きな虹がかかる。

「ありがとう、フィオナ！」

「ティム君、お疲れ様！」

「ふん！　これにて一件落着だな！　あ～はっはっはっ！」

「「うおぉぉぉ～～!!」」

僕たちはオルケロンの住人達の歓声を浴びながら、その虹の横を純白の翼が生えたフィオナと、杖にぶら下がったオルタと共にゆっくりと地上に降りていった。

第二十話　フィオナ、オルタとの再会

親玉の魔族であるタイラントを討伐すると、ドラゴンたちは慌てて逃げ出し始めた。

凶悪なドラゴンたちは逃がすことになっちゃうけれど、これでひとまずは一件落着——

そう思っていたら、町の大きな教会の鐘の屋上に颯爽と立った中性的な人が青い弓を引いていた。

「——ふふふ、モンスターども！　逃がさんぞ！　【広域射撃《アロ・レイン》】」

オルタと同じデザインの上着を肩にかけた美しい人がその大きな弓を引くと、光り輝く無数の矢が空中のドラゴンの身体を全て貫いた。

ドラゴンたちは絶命し、タイラントの跡を追うようにバタバタと海に落ちていく。

「えぇ!? あ、あの人すっごく強い……オルタと同じ服を着てるけど……?」

「あぁ、僕の上司だが、まさか一瞬でドラゴンの群れを全滅させるほどだとは……」

「す、凄い……」

フィオナとオルタはその人を見て、そう呟いていた。

地上に舞い降り、オルタが杖から手を離すとフィオナの背中に生えていた純白の翼は消失した。

ナハトナハトと呼ばれたその綺麗な人はいつの間にか僕たちの背後に来ていて、オルタの肩を激しくガタガタと揺らす。

「いやー、オルタ君！ 君、オルケロンに着いた瞬間にフィオナ君を連れて加速する時空魔法を使ったね!? 素晴らしい速度だった、僕も君には追いつけなかったよ！」

「ナ、ナハトナハト！ 落ち着いてくれ。舌を噛みそうだ！ それよりもティム、久しぶりだな、元気そうでなによりだ！」

「おい、オルタ！ どうしてフィオナと一緒にいるんだ!? それと、お前の人騒がせな旅立ちのせいでどれだけ心配させたと思ってる！」

「うぐっ、ティ、ティム！ 君まで僕の服を掴んで揺さぶるのはやめたまえ、え、え！ うっ……具合が悪くなってきた……」

「ティ、ティム君。本当に英雄様を相手にあんなに乱暴に……凄い」

オルタは僕がさらに激しく揺さぶったせいで目を回してしまったので、後回しにして僕は何やら羨ましそうにこっちを見ているフィオナにお礼を言う。

「フィオナ、助けてくれて本当にありがとう！　まさか、突然会う事になってびっくりしたけど」

「う、うん！　私もびっくりしちゃった！　ティム君がすっごく立派になってて！　リンハールのアサド様ともお友達なんだよね！　本当にすごいよ！」

「アサド王子にも会ったの!?　そっか、フィオナはギルドマスターになったんだもんね。あはは、僕よりもフィオナの方が立派になってるよ」

「そ、そんなことないよ……えへへ」

フィオナは急いで髪の毛を整えながら、恥ずかしそうに僕と話す。

「それで、フィオナはどうしてここにいるの？」

「そ、それは――」

「君がティム君か。フィオナ君はもしかしたら君が危険に晒されているかもしれないという浅はかな根拠のみで僕たちについてきたんだ。泣かせる愛じゃないか」

ナハトナハトさんがそう言うと、フィオナの顔は真っ赤に染まった。

「「ティム～！」」

「ギルネ様！　それにレイラたちも！」

街の方角から聞こえた呼び声に振り返ると、ギルネ様たちが僕に駆け寄って来ていた。

アイラが僕の胸に飛び込み、アイリも僕をギュッと抱きしめる。

レイラがその後ろで笑っていた。

「ティムったらまた無茶して！　心臓が止まるかと思ったわ！　でも、無事でよかった！」

「みんな、心配かけてごめん。僕の友達が助けに来てくれたから何とか魔族を倒せたよ！」

僕はみんなにフィオナを紹介しようとすると、フィオナは複雑そうな表情をしていた。

「ティ、ティム君……凄く可愛い女の子のお友達がいっぱいだね……あはは。だ、抱きしめ合ったりしてるんだ……」

「あ、ち、違うよフィオナ！　アイリは僕の妹なんだ！　だから誤解しないで！」

「あっ、妹さんね！　なるほど、そっか！　シンシア帝国から取り返したんだよね！」

何故か僕の口からは必死に言い訳をするような言葉が出てきた。

でも、フィオナは安心したような表情になったからどうやら僕の対応は合っていたらしい。

ギルネ様はフィオナに近づくと、その手を両手で握って満面の笑顔を向けた。

「フィオナがティムを守ってくれたんだろう！　ありがとう！　感謝してもし切れないくらいだ！　本当にありがとう！」

「あ、あわわわ！　ギ、ギルネ様!?　ギルネ様がわ、私の手をに、握っ――――！」

フィオナは顔を真っ赤にして目を回してしまった。

気持ちは分かる、『ギルネリーゼ』の一番下っ端だった僕たちにとってはあり得ないようなことだよね。

昔の僕を思いだしながら心の中で深く頷く。

「フィオナ〜？　だ、大丈夫か？　なんだか固まってしまっているが」

ギルネ様はフィオナの頬をつついて首をかしげた。

「ギルネ様、フィオナはギルネ様に緊張しているんですよ。もう少し手加減してあげてください」

「そうなのか？　う〜ん、私はもうギルド長でもないんだからぜひとも仲良く友達になりたいんだが……」

「と、とと、友達!?　恐れ多いですっ！　私なんかより、これからもティム君をよろしくお願いします！　そ、そうだ！　神器もお返ししますね！」

フィオナは大慌てでギルネ様に深く深く頭を下げた。

「神器はフィオナの物だろう？　返さなくていい、むしろよくニーアから取り返してくれたな！

ガナッシュは迷惑をかけていないか？」

「あはは、そんなことは……そんなことは……」

「まぁ、かけてるよな」

そんな様子を微笑ましく見ていると、不意にレイラがハッとした表情をする。

「そ、そうだわティム！　まだ油断はできないわ！　モンスターはいなくなったけれど他にも魔族がいるかもしれないじゃない！」

レイラに言われて思い出す。

「そうだった！　ナハトナハトさん！　今倒したタイラントという魔族がマゼランという名前の仲

間に大声で呼びかけていました！　もしかしたら、マゼランという魔族もこの場にいるのかもしれません！」

素性は知らないけれど、僕はさっきの弓の扱いを見て一番実力があると確信したナハトナハトさんに相談した。

ナハトナハトさんは少し驚いた表情を見せる。

「マゼランだと？　〝千変万化《メタモルフォーゼ》〟の異名を冠する魔族の幹部の名前だが。もし本当にいるなら僕たちが到着する前にオルケロンは壊滅させられているはずだ。気配も感じないが……一応調べてみようか」

ナハトナハトさんは「《感知スキル》【索敵《サーチ》】」と呟き、数秒瞳を閉じるとため息を吐いた。

「大丈夫、近くには存在しないと思うな。英雄が二人も来たから逃げたのかもしれない。魔族の幹部がいたら僕も全力で戦わないといけないから面倒にならなくてよかったよ」

「魔族の幹部⁉　今のタイラントよりも強いってことですよね？」

「あぁ、あんな程度じゃない。マゼランは自分の肉体や周囲の材質を変化させる〝千変万化《メタモルフォーゼ》〟という非常に厄介で強力なスキルを持っていてね、慎重ながらも殺戮を楽しむ残忍な性格だと聞いているよ」

ナハトナハトさんの説明を聞いて、アイリは僕に抱き着いたまま顔を青ざめさせて身体を震わせた。

「殺戮を楽しむ……な、なんて恐ろしい敵なんでしょう。もし遭遇してしまったら怖くて動けそうもありませんわ。わたくしはまだグラシアスでスライムを倒したくらいですし……」

「アイリお姉ちゃん、大丈夫！　ティムお兄ちゃんたちが守ってくれるから！」

「そ、そうだよアイリ！　心配しないで！」

僕は頭を撫でてなんとかアイリを安心させた。

「ナハトナハト、お前の異常な強さ。お前が英雄か？」

ギルネ様が訊ねると、ナハトナハトさんは頷いた。

「そうだよ、ちなみに彼も英雄だ」

ナハトナハトさんはそう言って、ようやく目を回した状態から立ち直ったオルタを指さした。

オルタは背筋を立て、胸元に手を添えて高笑いをする。

「はぁーはっはっ！　その通り！　僕は今、英雄として世界中の民を庇護しているのだ！　世界貴族と言い換えても問題ないな！　この大陸は全て僕の領地とみなす！　当然、それを付け狙う魔族を倒す必要があるため僕は英雄たちと手を組んだのだ！」

「「…………」」

あまりにも馬鹿げた話に僕たちは全員、言葉を失った。

少し考えたあと、ギルネ様が手を叩く。

「……なるほど、ティムも一緒に英雄に入れてもらおう。ギルネリーゼに入団した時のコイントスよりかは簡単そうだ。これで一流の冒険者だな」

「ギルネ君、僕を見て誰でも入れると思ってないか⁉」

「嘘よ！　オルタみたいな変人が英雄になんてなれるはずがないわ！」

レイラが堪らず叫ぶが、ナハトナハトさんは笑う。

「いや、彼は僕と同じで英雄の中では比較的常識人のポジションだぞ？　他のみんなはもっと個性的だ」

「英雄ってどれだけ変人揃いなの……」

アイラが呆れた表情をすると、アイリが手を叩いた。

「あっ、そうですわ！　わたくし、オルタさんにご挨拶と感謝をしないとと思っていたんです。急にいなくなってしまわれたので」

「アイリ、大丈夫だ。リンハールでのことなら礼には及ばない」

「ギルネ君、それは僕に言わせてくれたまえよ!?」

「リンハールではウチの者がオルタ君を拉致したと聞いている。あまり本人を責めないでやってくれ」

ギルネ様たちはオルタやナハトナハトさんとそんな話をしていた。

その隣で、僕はこっそりとフィオナを見る。

ギルド長になったからか着ている服が少し威厳を感じさせる物になっていたけれど、若葉のように落ち着きのある緑色の髪も、安心できる雰囲気も昔のままだった。

思えば、シンシア帝国の道端でフィオナが落ち込んでいる僕に話しかけてくれたのが初めての出会いだったんだよね。

僕がギルネ様と出会えたのもその時にもらった勇気がキッカケだ。

そんな事を思い返しながら僕は再会の喜びを噛みしめて話しかける。

「フィオナ、本当に久しぶり。僕がギルドを追放されてからまだ三か月しか経ってないのに、もう何年も会ってないみたいに感じるよ」

「う、うん！　会えてすっごく嬉しいよ！　ティム君が元気そうでよかった！　毎日心配してたんだ！」

「僕も実は、フィオナに会えなくて凄く寂しかったんだ……。あはは、こんなこと言ったら情けないかな？」

「う、ううん！　すっごく嬉しい！　私もティム君が居なくて凄く寂しかった……！　よかったら聞かせてよ、ティム君の話！」

「うん！　フィオナのことも聞かせて！」

それから、僕は今までの冒険の事をフィオナに沢山話した。

リンハールではギフテド人の人たちを救って、レイラとアイラが仲間になってくれたこと。

凶悪なモンスター（スライム）を僕一人で倒したこと。

獣人族《ビースト》とも友達になれたこと。

少し背が伸びたこと。

フィオナもいっぱい話してくれた。

ガナッシュ様と協力してニーアをギルドから追い出したこと。

フィオナが反対を押し切り、ギルドを改革して救護院にしたこと。

ガナッシュ様が何度言ってもお酒を控えないこと。

ガナッシュ様が何度言ってもギャンブルを控えないこと。

フィオナは笑ったり呆れたり、色んな表情を見せながら僕と楽しそうに話す。

「――そっか……フィオナは、いっぱいいっぱい頑張ったんだね」

そう言いながら、僕はフィオナの頭を撫でた。

言葉だけじゃ足りなかった、僕はフィオナの優しい性格をよく知っている。

シンシア帝国という悪意や敵意に満ちた場所でフィオナが自分の意志を貫くのがどんなに困難か。

僕は弱虫だけど、フィオナも本当は弱虫だ。

そんな二人だけど、三年間お互いに励まし、支え合いながらギルドで生活してきたからよく分かる。

きっと、ずっと怖くて辛かったに違いない。

それでも、沢山の人を救う為に、フィオナは一生けん命頑張ったんだ。

嫌がられちゃうかもしれないけれど、僕はそんなフィオナの頭を優しく撫でながら褒める。

フィオナのサラサラとした長い髪が揺れた。

少し驚いたような表情で僕を見ると、フィオナの大きな瞳から涙があふれ出した。

「うぅ……ひっく……。ティム君……」

「フィオナは凄いや。初めて出会ったときからずっと人を助ける為に頑張ってる」

「ううん、ティム君だって凄いよ。旅をしながら色んな人を救って幸せにしてる」

「僕は半分自分の為だから。それに僕が人を救いたいって思ったりしたのも実はフィオナに憧れたからなんだよ？」

「えへへ、ティム君に撫でてもらえると頑張ってよかったなぁって思えるよ」

「あはは、大げさだよ。フィオナは人に頼るのがヘタだから、きっと無理をしてると思ったんだ。本当は泣き虫なのも知ってる。今くらいは男らしい僕に甘えてよ！」

「ふふ、ティム君だって泣いてるよ？」

フィオナに言われて、自分の頬を伝う涙に気が付いた。

どうやら、フィオナと話をしながら色んな気持ちがあふれ出してしまったらしい。

「ほ、本当だ……あはは、かっこつかないね」

「ううん、大丈夫。かっこいいよ」

フィオナは僕の胸にそっと顔を埋める。

他愛のない話をしながら二人で静かに涙を流していた。


「——さて、二人とも。いい雰囲気のところ悪いがフィオナ君は一旦リンハールへと戻らなくてはならない」

しばらくすると、ナハトナハトさんの声が聞こえて僕たちはハッと我に返った。

周囲を見回すと、ギルネ様たち全員が僕たちを幸せそうな表情で見守っている。

「ちょっと！　もう少し二人にさせてあげなさいよ！」

「そうだぞ！　感動の再会だ！」

レイラとギルネ様が声を上げると、フィオナは恥ずかしそうに慌てて僕から飛び退いた。

きっと、僕の顔も真っ赤に染まってしまっていることだろう。

「そうさせてあげたいのは山々だけど、フィオナ君は世界会議《カンタービレ》の参加者でね。会議はまだ途中なんだ。私たちは急いでリンハール城に戻って続きを執り行わなくちゃならない」

「ナハトナハト、フィオナ君がいなくても会議は続けられるんじゃないか？」

「オルタ君、フィオナ君は初参加だし途中退席は他のギルドへの印象が悪い。ただでさえ僕たちについてきたことを快く思っていないメンバーもいることだろう。本人の口から今回の説明だけ済ませてしまった方が後々面倒ごとがなくなる」

ナハトナハトさんが人差し指を振りながら説明すると、アイラとアイリも悲しそうな声を上げた。

「そんな～！　私もフィオナお姉ちゃんといっぱい話したいよ～！」

「そうですわ！　わたくしもフィオナさんと仲良くなりたいです！」

「大丈夫、問題が起こらなければ面倒な会議なんかすぐに終わらせてまたここに戻ってくるさ。暫しの別れだ。いいだろう？　フィオナ君」

「は、はい！　私もティム君といっぱいお話させてもらえたので大丈夫です！　それに一度ギルドにも戻らないと心配されてしまいますし……」

フィオナはそう言いつつも名残惜しそうな視線を僕に送った。

「よろしい、では魔導車に乗って戻ろう。きみたち！　今回は魔族の討伐に協力していただき感謝する！　またフィオナ君を連れて後日この場所に戻ってくるよ！」

「あーはっはっ！　君たち、次回こそは優雅にお茶会でもしようじゃないか！」

「オルタは来なくても大丈夫だぞ」

ナハトナハトさんは足早にオルタとフィオナを連れて行ってしまった。

また戻って来るって言っていたし、僕たちはこのままオルケロンに滞在していればいいだろう。

「行っちゃいましたね……そ、そうだ！　オルケロンの皆さんの被害はどうなんでしょう！」

「ティム、見てみろ。ひとまず心配は要らなそうだぞ」

ギルネ様に言われて、周りを見てみる。

自分たちのことに集中してしまっていて気が付かなかったけど、周囲では歓声が沸き上がっていた。

森守族《エルフ》、妖精族《フェアリー》、人魚族《シャーク》に剛腕族《ドワーフ》。

各種族がお互いに手を取り合い、肩を組んで喜びあっている。

「ティムお兄ちゃんがフィオナお姉ちゃんと話している間に怪我人がいないか聞いて回ったんだけど、びっくりすることに誰も大きな怪我はしてないんだって！」

「えぇ!?　だ、だってあれだけ多くのドラゴンが街を襲ってたのに!?　剛腕族《ドワーフ》のみなさんなんて、最前線で戦っていたじゃないですか！」

「ふむ……不思議だな」

ギルネ様と一緒に首をひねりながら周囲を見渡して、僕はあることに気が付く。

「……あれ、よく見ると皆さんが着ているのは僕が仕立てた服ですね」

「あぁ、そういえばティムが働いていた店は『テーラーハウス』というお店だろう？　『凄く質のよい服が買える』と、この一か月の間に大流行していたぞ」

「そういえば、そんな話も聞いた気がします。僕はお店の裏で服を仕立てていただけでほとんど店頭にはいなかったので実感がありませんでしたが」

「ティムはどんな服を作っていたんだ？」

「はい、オルケロンは暑い土地なので熱に強く、みなさんが着たまま激しいお仕事をしても大丈夫なように頑丈な作りにしました！　あと、剛腕族《ドワーフ》の皆さんは鉱山でのお仕事になるので鋭い岩などで切ってしまわないように！」

「熱耐性に斬撃耐性か……ドラゴンの攻撃は完封されていたわけだな……。たまたまとはいえ、ここまで対策されていると少し不憫になるな」

ギルネ様は何かを呟くと、深く頷く。

「みんなが無事なのもそうだけど、仲がよさそうでよかったわ！」

「最初にこの街に来たときは、みんな少し仲がわるそうだったもんね～」

「そうですね、ですがギルネさんやアイラさんと一緒にこの一か月街を歩いている間に少しずつ皆さんの意識が変わってきた気がします！」

「まぁ、ティムが有名になっていたからね。人間族《ヒューマン》なのに凄く仕事が出来る人が居るって。きっと、知らず知らずのうちに橋渡しになっていたんだと思うわ」

「そ、そうかなぁ」

そういえば、僕がタイラントの場所までたどり着くために足場を作って駆け上っていくとき、他のみなさんたちがみんな協力してくれたからこうして倒すことができたんだ。

お礼を言わなくちゃ。

「みなさん――」

「おーい！　ティムがあそこにいるぞ！　みんなで祝福だ！」

ガラントさんは僕を見つけると、他の剛腕族《ドワーフ》たちを引き連れて僕を取り囲む。

「よし！　剛腕族《ドワーフ》流の感謝をするぞ！」

「え？　え？」

僕はあれよあれよという間に身体を持ち上げられ、胴上げされた。

「さて、宴だ。ティムの頑張りをみんなで称えよう。森守族《エルフ》のお店の食材や調理器具を全てここに運び出すぞ」

「ティム君と一緒にいた天使様はお帰りになってしまったのね……。私たち妖精族《フェアリー》も宴の会場の飾りつけをしましょ！」

「海産物は私たち人魚族《シャーク》に任せて！　魚をいっぱい持ってくるから！」

その日、誰もが仕事の手を止めて、終わらない宴が夜遅くまで続いた――

第二十一話　海で遊ぼう！

翌日――

「ティムお兄ちゃん！　早く早く～！」

「ティムお兄様！　こちらです！」

「待ってよ、アイラ、アイリ！」

「あはは、三人とも転ぶなよ〜」

「これから海……ギルネの水着姿……や、やっぱり緊張してきたわ……」

僕はアイリとアイラに腕をひかれ、急かされながらみなさんとビーチに向かっていた。

ビーチ使用料の三十万ソルを貯めた僕たちは昨日、人魚の皆さんに相談をしていた。

人魚族《シャーク》の族長、カトレアさんには、「君はこの国を救った英雄なのですから流石にお金は取りませんよ」と言われたけれど、なんのために働いたのか分からなくなってしまうので、意地でもお金を払わせてもらった。

怪我人はいなかったみたいだけど、街が燃えたりしてるから僕は復興を優先させた方がいいんじゃないかと思った。

けれど、剛腕族《ドワーフ》の皆さんは力持ちなので軽々と燃えた住宅の建て替えを行っていて、僕たちの協力は必要ないと言われてしまった。

それに、リフィアさんやサーニャさんからも休暇を出されてしまった。

元々、仕事中に僕がお金を貯めてビーチで遊ぶのが目的だと話していたのでみなさんが示し合わせて気遣ってくれたんだろう。

そういうわけで、僕たちだけでビーチを使わせてもらっている。

「そ、そういえばみなさん。海で遊ぶには水着が適しているようなんですけど、ど、どうしますか？　いえ！　もちろん僕は防水の服も作れますし、無理に水着を着る必要もないんですが」

そう言いつつも、僕はギルネ様たちの水着を作れる自信はなかった。

下着すら作ろうとしたら失敗してしまう僕はきっと水着を作ろうとしても変なことを考えて手元が狂ってしまうだろう。

「もちろん、水着を着るぞ！」

そう言うギルネ様に続いて、アイラが得意げな表情をする。

「ティムお兄ちゃん、心配しないで！　私たち、もう水着は買ってあるから！」

「あぁ、ティムを驚かせようと思って内緒にしていたんだ」

「そ、そうなんですね！　では、ごゆっくりとお着替えください！　僕も水着に着替えたら砂浜で待っていますので！」


そうして、僕はギルネ様たちよりも先に海の家で着替え終えて砂浜へと降りていた。

人魚のみなさんは沖あいで横一列に潜ったり浮上したり、談笑しながらこのビーチにモンスターが入ってこないように守ってくれていた。

（この後、ギルネ様たちが水着姿で……だ、ダメだ。落ち着かない！）

「ティ、ティム……」

「はひゃいっ⁉」

砂山でお城を作ってどうにか心を落ち着かせていると、後ろからギルネ様のお声がかかり、驚きのあまり砂山を盛大に崩す。

「ど、どうだ……？　あはは、お、思ったよりも恥ずかしいな。こんなに肌を出すのは生まれて初めてだ」

振り返ると、白い砂浜よりも綺麗で、海の水よりも透き通ったようなギルネ様の肌が太陽の下で照らされていた。

僕は思わず言葉を失ってその姿に見入ってしまう。

「ティム、そんなに見られると……う、嬉しい半面、恥ずかしいんだが……」

ギルネ様は少し手で身体を隠すようにすると顔を赤らめる。

僕はようやく意識を取り戻して自分の頬をつねる。

痛い、夢じゃない、ここは天国じゃないらしい。

「──はっ！　す、すみません！　とっても美しいです！　あの……美しいです！」

僕はどう褒めていいのか分からずにそう言ってすぐに目を逸らしてしまった。

ギルネ様の水着姿は太陽のように眩しくて、見慣れるには時間がかかりそうだった。

「そ、そうか！　ティムがそう思ってくれて嬉しいぞ！　みんなで水着選びに何日も費やしたんだ！　ほら、もっと近くに来てくれ！」

「す、すす、少しお時間をください！　今、砂のお城作りが佳境なので！　そ、そういえばレイラたちはまだ着替えているんですか？」

「いや、レイラは別室で着替え終わっているんだが私が近づくと少し具合を悪くしてしまってな。

アイリやアイラと海の家で休憩している。少し心配だが――ん？」

僕とギルネ様が海の家の方を見ると、レイラが建物に身体を隠し、顔だけ出してこっちを見ていた。

そして、アイラに腕を引っ張られている。

「お姉ちゃん！　ほら、勇気を出して！　人魚のみんなとお仕事してる時はいつも水着を着てるんでしょ⁉」

「や、やや、やっぱり恥ずかしいわ！　着馴れたといってもティムに見せるのじゃ緊張感が……。それに、これはティムのために本気で選んだ水着だし……も、もう少し時間をちょうだい！」

「レイラさん、大丈夫です！　とってもお似合いですわ！」

「ア、アイリちゃんの方が可愛いわ！　じゃあ、私は一番後ろを歩くから、二人も一緒に行ってくれる？」

「うん、もちろん！　さぁ、ティムお兄ちゃんのところに行こう！」

そう言いながらレイラも恥ずかしそうに少し手で身体を隠しながら水着姿で歩いてきた。

レイラも凄く綺麗だった。

赤い水着がレイラの髪とよく似合っていて、普段の力強さは一体どこから出ているのか不思議なくらい細くて、スタイルが整っている。

本当に改めて考えるとなんでこんなに美しい二人が僕の旅についてきてくれているのかが分からない。

「ティムお兄ちゃん！　お姉ちゃんの水着、どう⁉」

アイラに言われて僕は言葉を探す。

緊張してしっかり見ることはできないけれど、みんなと海で遊ぶために恥ずかしがりなレイラが頑張って着てくれたんだ。

それだけで凄く嬉しい。

「レイラも綺麗だよ！　毎日働いたり、魔族と戦ったりした疲れが全部吹き飛んじゃった！」

「そ、そうっ⁉　ティムがそう思ってくれてるなら頑張ったかいがあったわ。えへへ……」

レイラは顔を真っ赤にしながらそう言って恥ずかしそうに笑う。

「ティムお兄ちゃん。私は～？」

「ティムお兄様、わたくしはどうですか⁉」

「アイラもアイリも可愛いよ！　海に入るときはあまり深いところに行っちゃダメだよ？　大きい波がこないように人魚の皆さんが沖で守ってくれてるみたいだけど、僕たちは泳げないんだから」

「そうだな、この中で泳げるのは泳ぎ方を教えてもらったレイラだけか」

「そうね！　でも、〝浮き輪〟っていう観光客用の海で浮ける道具があるから誰でも海で遊べるわ！」

「レイラ、僕にも泳ぎ方を教えてよ！」

「えぇ！　もちろんいいわよ！　最初は水に顔をつける練習からね！」

レイラが浮き輪をアイリとアイラに渡しながらそう言うと、ギルネ様はジト目で僕を見た。

「だがティム！　そんな恰好じゃ泳ぎは教えられないな！」

「――――え？」

「そうですわ、ティムお兄様」

「そうだね、ティムお兄ちゃん」

「な、なんでですか⁉」

ギルネ様は腕を組むと、不機嫌そうに頬を膨らませた。

「ズルいぞ、ティム！　自分だけそんなシャツなんて着て！　下は水着だが、海に入るならシャツなんて要らないだろう！」

「いえっ、これは防水をしていて、水に浮かない素材なので恐らく邪魔にはならないかと――」

上半身だけとはいえ、裸になるのが恥ずかしい僕は必死に抵抗する。

「そ、そうよ！　私だって頑張ったんだからティムも水着だけになりなさい！」

「そうだそうだ～！　ティムお兄ちゃんを脱がしちゃえ～！」

「ティムお兄様！　仕返しにアイリを脱がして町中に捨ててもいいですから！　まずはティムお兄様が脱ぎましょう！」

そう言うと、ギルネ様たちは僕に飛びついて着ている衣服に手をかけた。

「ちょ、ちょっと待ってください、心の準備が！　というか、下も脱がそうとしてませんか⁉」

「ティム、何が起こってもそれは事故だ！　みんな、かかれ！」

「みなさん、そんな姿で僕に密着すると――あ、当た――！」

「よし！　シャツが脱げたぞ！　――ティム、毎日鍛えているからか意外といい身体だな！」

「あっ、お姉ちゃんが倒れた！　ティムお兄ちゃん！　急いで海の家につれていって！」

「えぇ⁉　わ、分かった！　あっ、抱きかかえるとますます鼻血が！　ギルネ様、回復魔法で止血をお願いします！」

「分かった！　やりやすいようにレイラの顔を私の胸元に近づけてくれ！　あっ、さらに鼻血が酷く——ティムも鼻血が出てるぞ⁉　大丈夫か⁉」

「あ、暑いですから熱中症ですかね！　一旦、全員で海の家に避難しましょう！」

「お姉ちゃんもティムお兄ちゃんもしっかりして！」

「ティムお兄様！　輸血が必要でしたらアイリにおっしゃってくださいね！　多分、無限に供給できますから！」

その後、レイラは無事に回復して、僕の下心もバレずに済んだ。

——こうして、僕たちは日が暮れるまでギルネ様たちとビーチで遊び続けた。

第二十二話　シンシア帝国の脅威

「えぇっ⁉」

「——こ、これはっ⁉」

僕がナハトナハト、フィオナ君と共にリンハール城に戻ってくると、そこには信じられない光景が広がっていた。

僕たちが会議を執り行っていた会場は滅茶苦茶に荒らされ、参加していた各ギルドの長たちが全員血まみれで倒れていた。

フィオナは神器を呼び出すと、近くの冒険者たちの容体をみる。

「……ダ、ダメです。殺されています」

「くそっ、僕たちが離れている間にいったい何が」

城下町には変わりが無かった。だが、リンハール城は門番をはじめとして誰もいなくなっていた。

嫌な胸騒ぎを感じながら戻ってきたらこの有様だ。

ナハトナハトは真剣な表情で頬から一筋の汗を垂らした。

「二人とも、落ち着け。あまりリアクションをするな、手が込んだドッキリの可能性もある。恥をかくぞ」

ナハトナハトがそんなことを呟くと会場の入り口からアサドがフラフラと現れた。

「――シンシア帝国による暗殺だ」

「アサド！　お前は無事だったのか⁉」

疲労困憊といった様子のアサドはその場で腰を下ろした。

「俺はシンシア帝国の王子たちが現れた瞬間にここが戦場となることを予見して、即座に城中の者を外へと退避させるために動いていたんだ」

「ふむ、アサド君。落ち着いてからでいいが、もう少し詳しく説明したまえ」

ナハトナハトは壊されずに残っていた椅子の一つに腰かけて足を組む。

アサドは深呼吸をした。

「はい。ナハトナハト様たちが出て行った直後に隣国、シンシア帝国の王子たちがこの会場に現れました。私が城中の使用人たちを退避させるためにこの会場を出る瞬間にはここにいる冒険者のみなさんは王子たちに斬りかかっていたのですが――」

「君も今ここに戻ってきたらもう全てが終わっていたというわけだ」

「――はい」

ナハトナハトは顎に手を添えて考える。

「……なるほど、私たちはまんまとこの場所から誘い出されたというわけだな」

どうやら、何かに気が付いたらしい。

ナハトナハトは人差し指をフリフリと動かしながら考えを話し始めた。

「魔族がオルケロンに現れたのは、偶然ではない。シンシア帝国はフィオナ・シンシア救護院がTier3になったことを知り、僕の送る世界会議《カンタービレ》への招待状を配達員から奪って盗み見たんだ。そして、会場が隣国のリンハールであることを知った。シンシア帝国の目的はこの会議に集まる冒険者たちを皆殺しにすることだ。しかし、世界会議《カンタービレ》には最強の冒険者である英雄がくる。だから、わざと僕が察知できる距離に魔族を出現させた。僕をこの会場から追い出すためにな。魔族は英雄が一人で孤立して向かってくるわけだから絶好の機会になる。まぁ、幹部すら用意せずに僕が手をくだすまでもなかった弱い魔族しかいなかったのは気になるがな」

フィオナ君が言われて手を叩いた。

「そ、そういえば確かに私が手紙を受け取った配達員さんはいつもの方とは違いました！」

「シンシア帝国……もうすでにこの大陸の冒険者では相手にならないほどに強くなっているということか？」

「ここにいた冒険者たちは強いとはいえ僕たち英雄や魔族からしてみれば大したことはない。とはいえ、確かに痛い一手だ。世界会議《カンタービレ》に参加する冒険者は各地の情報共有として重宝していたからな」

ナハトナハトは立ち上がる。

「なんであれ、シンシア帝国は世界征服へと向けて動き出したということだろう。これは、僕たちへの宣戦布告だ。魔族と手を組んだというならそれも結構。もろとも、我々が相手をしてやるしかないな」

ナハトナハトは面倒そうにため息を吐いた。

ギルネ様に
好きな人ができました!?

Ascendance of a Choreman
Who Was Kicked Out of the Guild.

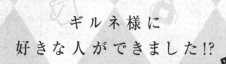

オルケロンに来て二日目の夜——

僕はどうにか妖精族《フェアリー》や森守族《エルフ》、剛腕族《ドワーフ》のみなさんと仕事をさせていただけることになった。

最後に妖精族《フェアリー》のお店で軽い研修を終えて、ついに明日から本格的に働かせてもらえるらしい。

息を切らして大通りを走る。

（少し遅くなっちゃった！　早く宿に戻って、ギルネ様たちにご飯を作ってさしあげないと！）

宿に戻ると、ギルネ様たちは外で僕の帰りを待っていてくれていた。

レイラも一緒で、ギルネ様と楽しそうに何かの話をしている。

そんな中、アイラとアイリが僕に気がついた。

「あっ、ティムお兄ちゃんが帰ってきたよ！」

「ティムお兄様、お帰りなさいませ！」

「みなさん！　お待たせいたしましたっ！」

アイラが腰に抱き着いて、ギルネ様は僕に微笑む。

「ティム、お帰り」

「はい！　ギルネ様！」

ギルネ様の笑顔を見ただけで、僕の一日の疲れが全て吹き飛んでしまった気がした。

「帰りが遅くて少し心配したぞ」

「すみません！　無事にお仕事が見つかったので、少し説明してもらっていまして……。すぐにお料理をお作りしますね！」

そう言うと、僕より先に帰って来ていたレイラが腰に手を当てて得意げに胸を張った。

「ふふふ、大丈夫よティム！　今日はティムのために夜ご飯を作ったから！」

「えっ⁉　レイラが作ったの⁉」

レイラが料理下手なことを思い出し、僕はついレイラに聞き返してしまう。

すると、レイラは慌てて首を横に振った。

「だ、大丈夫よ！　私は食材を切ったり皮を剥いたりしただけだから！　ほとんどギルネたちが作ったから大変なことにはなっていないわ！　安心して食べて！」

必死に説明するレイラを見て、僕は申し訳なくなる。

「ご、ごめんレイラ。つい――」

「いいのよ、気を使わないで！　私だって自分の料理が壊滅的なことは分かっているわ！　ティムは無理に食べようとしちゃうだろうし、それでまたお腹を壊されたりしたら大変だもの！」

レイラの話を聞いて、アイラたちは驚く。

「えっ、またってことはティムお兄ちゃんはお姉ちゃんのお料理食べたことあるの⁉」

「グラシアスに居た時にレイラが持ってきてくれたんだよね。えっと、ドリアだったっけ？」

「お、お粥のつもりだったわ。食べた後、明らかにティムの顔色が悪くなっていたから急いで吐き出させたんだけど……」

「あはは、レイラにお腹を殴られたんだよね。痛かったなぁ」

「ごめんなさい！　私も慌てちゃって……で、でも食べようとするティムもティムよ！」

「ティムお兄ちゃん、頑張りすぎだよ！」

僕とレイラの話を聞いて、ギルネ様たちは大笑いした。

「ティムお兄様のお料理には及びませんが、わたくしたちも頑張って作ったんですのよ！」

「アイリお姉ちゃんが途中で『わたくしのお肉もお料理に使ってみますか？』って言いだした時は怖くて泣いちゃいそうだったけどね……」

「アイラさん。あれはもちろん冗談ですよ！　不死身ジョークです！　もちろん、ティムお兄様が望まれるなら喜んでこの身を捧げますが」

「あはは、アイリも冗談を言うようになったんだね！」

「私も食材を斬ったのよ！　聖剣で綺麗に！」

「お姉ちゃん、包丁だと危ないんだけど剣だと上手く切れるんだよね～。聖剣を使うのはどうかと思うけど……」

「まだ温かいはずだから、冷めてしまう前に早く食べよう！」

「はい！　楽しみです！」

ギルネ様たちの手料理が待ちきれず、はや足で宿の中へと入る。

テーブルには大鍋が置かれていて、中には以前僕が作り方を教えたカレーがなみなみと入っていた。

竈にはちゃんとお米も炊かれている。

「わぁ～！　すっごく美味しそうですね！」

「えへへ、そうでしょう！　しかも今回はエビや貝を沢山入れてみたの！　人魚たちに分けてもらったのよ！」

「ティムが『カレーはアレンジが利く』と教えてくれたからな。チャレンジしてみたんだ」

「私も味見してみたんだけど、すっごく美味しかったんだよ！　お姉ちゃんも今度からは料理を作ったらちゃんと味見をしてね！」

「うっ、反省しているわ……」

姉のレイラが妹のアイラに叱られているのを見て、つい笑ってしまう。

「確かに、ほのかに海の香りがしますね！　お米もふっくらと炊けてます！」

「お米はわたくしが頑張りましたわ！　ギルネさんに教えてもらった火の魔法を使って！」

「アイリも料理を!?　しかも、魔法で!?　凄い凄い！」

僕が頭をなでると、アイリは嬉しそうに口元を緩める。

「よーし、みんな！　席に座ってくれ。アイラ、手伝ってくれるか？」

「うん、ギルネお姉ちゃん！　はい、どうぞ！」

ギルネ様がカレーをよそって、アイラがテーブルに並べてくれた。

僕は綺麗に盛られた海鮮カレーをスプーンですくう。

「具材も綺麗に切れてる！　流石はレイラだね！　聖剣を使ったのはびっくりしたけど」

「そ、そうかしら！　嬉しいわ！　最初はまな板も食材と勘違いして一緒に切り刻んじゃったんだけど、鍋に入れる前にアイラが止めてくれたの！」

僕が褒めると、レイラも上機嫌になった。

そして、ありがとうアイラ……。

そんな時、僕の頭に疑問が浮かぶ。

「でも、レイラって勉強以外は何をするにも凄く飲み込みが早いはずだよね？　料理なんかもすぐに覚えられると思ったんだけど……」

ギルネ様も不思議そうに首をひねった。

「確かにそうだな。獣人族《ビースト》の動きもすぐにマスターしたし、魔法だって私が使っているのを見たらすぐに覚えてしまっていた。ベリアルの技まで習得して使っていたほどだしな」

「僕も最近はゆっくりと料理をするようにしてるし、レイラもよく隣で見ていたからある程度はできるようになったかと思うんだけど……？」

僕が訊ねると、レイラはすぐに答えてくれた。

「私も最初はいつもティムの料理を見て覚えようと頑張るの。でも、いつのまにか料理じゃなくてティムの方ばかりに目が奪われちゃって——」

そう言いかけると、レイラは顔を真っ赤にして慌てて首を横に振る。

「な、なんでもないわ！　そんなことより早く食べましょ！」

「あはは、お姉ちゃん。お腹の音が鳴ってたもんね～」

「アイラ、それは言わないでよ～！」

（レイラは料理よりそれを作る僕の方が気になっている……？）

——ってことはもしかして……！

僕が料理中に怪我をしてしまわないかと心配されているのかもしれない！

確かに昔は包丁で指を切っちゃったりしたこともあったけど、今は目をつぶって料理しても指なんて切らない。

レイラが心配しちゃうのも、まだ僕が頼りないせいなんだろうなぁ……。

「さぁ、ティム！　早く食べてみてくれ！」

「はい、それではいただきますね！」

ギルネ様に急かされてカレーを一口食べる。

みんなが協力して作ってくれた料理だ、もう僕はカレーの味以上の感動に打ち震えていた。

「どう!?　ティムお兄ちゃん！」

「うん、すっごく美味しいよ！　今まで食べた料理の中で一番かも！」

「ほ、本当か！」

「やりましたね、ギルネさん！」

「あぁ、やったなアイリ、アイラ、レイラ！　大成功だ！」

みんなは嬉しそうにハイタッチした。

僕もレイラも何回かおかわりをして、大鍋はすっかり空になった。

「「ごちそうさまでした～」」

食べ終えると、ギルネ様たちは僕を座らせたまま洗い物をし始めた。

今日はとことん僕に家事をさせないつもりらしい。

「今日はティムお兄ちゃんを労う日だから、ティムお兄ちゃんは休んでて！」

「みなさん、ありがとうございます！」

「ティムも病み上がりでいきなりの冒険だったし疲れが溜まっているだろう。そうだ！　今夜はティムの背中も流してやろう！」

「そ、そそ、そこまでしてくださらなくても大丈夫です！」

「そうか、残念だな。レイラの背中で我慢するか……」

「私もダメよ⁉」

僕にとってはギルネ様たちのために料理を作ったり、洗い物をしたりするのはむしろ喜ばしいことなんだけれど、こうやって僕のためにみんなが料理を作ったり洗い物をしてくれるのはそれ以上に嬉しかった。

幸せをかみしめつつ、みんながお皿や鍋を洗ったり拭いたりしている様子を眺めていると、レイラがギルネ様に話しかける。

「そうだ、ギルネ。『さっきの話』の続きを聞かせてよ！」

「あぁ、丁度ティムもいるしな。いいぞ」

「何のお話ですか？」

「今日アイラたちと街を歩いていてな、私たちもお手伝いできることになったんだ」

「えっ⁉　そうなんですか？　ですが、お金はこれから僕が沢山稼ぎますし、レイラも働いてくれるみたいですからギルネ様はアイリやアイラと一緒に居てくだされればいいですよ？」

「うむ、まぁそうなんだがな……その、個人的にも力になってあげたい相手なんだ。ジャックという名前（の妖精猫《ケットシー》）なんだが……」

「そうなんですか？　ギルネ様が力になりたい相手……」

「あはは、ギルネお姉ちゃん（あの猫ちゃん）凄く気に入っちゃってたもんね～」

「ギルネさん、メロメロでした～」

「へ、へぇ～……」

僕の心の中でモヤモヤとした感情が湧く。

自分がそのジャックという相手に嫉妬しているのだとすぐに理解した。

ギルネ様の口から気に入った相手がいるなんて言葉を聞いたのは初めてだった。

いや、でもきっとギルネ様が力になりたいくらい良い志を持った〝人〟なんだろう。

そもそも、ギルネ様に勝手に片思いをしている僕がどうこう言えるはずもない。

「それに、報酬でしたらある意味先にいただいちゃってますからね」

アイリがそう言って笑う。

「報酬……？」

「あはは、ギルネお姉ちゃんったらずっと抱きついてたもんね！」

「……え？」

ニコニコと語るアイラの言葉に耳を疑った。

ギルネ様が、そのジャックという奴に抱きついていた……？

「う、うむ。私も女だからな、ああいう奴（可愛い動物）には弱いんだ」

「えっと、その……そうなんですね」

ギルネ様は頬を赤く染める。

「あぁ、本当は恥ずかしいからあまり見せたくない姿なんだがつい我慢ができず……な」

「ギルネさん、とっても幸せそうなお顔でした！　愛おしそうに何度も頬を擦り付けて……」

「私も話を聞いたけど、それは確かにギルネも好きになっちゃうわよね～」

「あ、あはは……」

レイラの口からハッキリと『好き』という言葉が出て来て心臓が跳ねる。

否定をしないところを見ると、ギルネ様も本当にそのジャックという人が好きらしい。

しかも、聞いている全員が納得するような相手。

凄くカッコよくて男らしい人なのかな、僕とは違って……。

「そうだ！　明日の夜、ジャックをここに連れて来よう。ティムにも紹介したいしな！」

僕の馬鹿げた感情など知る由もないギルネ様は笑いながら言う。

ギルネ様の想い人……僕はそんな相手を見て冷静でいられるだろうか。

「でも、そもそも来てくれるかなぁ？」

「確かに……こう言っては何ですがギルネさん、あまり好かれてませんでしたし」

アイリの言葉に僕は嬉々として飛びついてしまう。

「っ⁉　そ、そうなんですね！　ジャックさんはギルネ様をあまり良く思っていないと！」

「うん。だって、ギルネお姉ちゃんが何度もスリスリと身体を擦りよせてたから嫌がってたもんね～」

「――か、身体をすり寄せて⁉」

僕は心の中で血の涙が出そうだった。

くそっ、ジャックめ、なんっって羨ましい！

でも、幸いジャックにその気はないらしい。

こんなに美しいギルネ様を前にそんなことあり得るのかとも思うけど、二人の言葉を信じるしか僕には精神を支える手段がなかった。

ギルネ様は胸を叩く。

「大丈夫だ、私が誠心誠意お願いして来てもらうからな！」

「そ、そこまでしていただかなくても結構ですよ⁉」

「いや、ついでにそのままベッドに連れ込もうかと思ってな。ふふふ、抱きしめて朝まで一緒に眠れたりしたら最高だ♪」

「――っ⁉　そ、そうですか……あはは」

ギルネ様は心から期待を込めて語る。

分かっていたとはいえ、生々しく言葉にされると流石に堪えられない……。

「ギルネお姉ちゃん。また嫌がられて顔を足で踏みつけられちゃうよ？」

「ふふん、そんなの私にとっては（肉球を堪能できるから）ご褒美みたいなモノだ」

「確かに、ギルネさんは踏みつけられても嬉しそうでしたね！　わたくしも何となくお気持ちは分かりますわ！」

「……は？　ギ、ギルネ様のお顔を足蹴に？」

ますます耳を疑ってしまう。

ジャックは酷い奴なのではないだろうか？

いや、でもギルネ様は嬉しそうにしている。

それくらいジャックって奴のことがどうしようもなく好きなんだろうか。

ダメだ、分かっていてもそんな話を聞いたら……僕は絶対にジャックという人を前にしたら手を出してしまう。

「よし、洗い物が終わったぞ！」

「……お疲れ様です」

自分でも驚くくらい暗い声が出た。

しかし、すぐに何とか明るい声で笑顔を作る。

「す、すみません！　もう今日は疲れてしまったみたいで、僕は先にお休みさせていただきますね！」

「そうか、ティムは明日から本格的に仕事だもんな！　朝食は私がみんなの分を用意するからティムはゆっくりと休んでくれ！」

「ありがとうございます！　ギルネ様の手料理、凄く嬉しいです！　では、すみませんがお先に失礼いたします！」

まだ見ぬジャックという相手に僕は心の内で嫉妬と怒りの炎を燃やしてしまう。

これ以上ギルネ様たちのお話を笑顔で聞いていられる自信がなかった。

精一杯の空元気を見せて別れると、一人逃げるように自分のベッドに潜った。


早朝――

窓の外から小鳥のさえずりが聞こえる。

ギルネ様はすでに起きているようだった。

三十分程前に隣から静かにベッドを出る音が聞こえたから。

キッチンから焼いたパンの香ばしい匂いがするからきっと朝食を作ってくださっているのだろう。

(結局、一睡もできなかったなぁ……)

このまま横になっていても仕方がないので少し早いけれど僕も起きることにした。

レイラたちはまだベッドで寝ている。

僕はキッチンに顔を出した。

ギルネ様は可愛らしいエプロンを身に付けて鼻歌を歌いながらお料理をしている。

気を取り直して、元気に朝の挨拶をした。

「ギルネ様、おはようございます!」

「あぁ、ティム。早いな、おはよ――」

ギルネ様はそう言いかけ、僕の顔を見ると首をかしげた。

焼きあがったパンをテーブルに置いてそばに近づき、僕の顔をじぃっと見つめる。

「ティム、寝た方がいい。今日は休もう」

「えっ⁉　どうしたんですか？」

「どうしたもこうしたもないだろう！」

ギルネ様はさらに近づいて僕の顔を見た。

可愛らしい顔が目の前に迫り、僕は思わず視線を逸らしてしまう。

「顔色がわるいぞ、目の下も少し黒い……眠れていないんじゃないか？」

「そ、そんなことは……！　それに、今日は大切な仕事の初日ですから！　休む訳にはいきません！」

説得しようとしたが、ギルネ様は首を横に振る。

「いーや、ダメだ。私が仕事先に謝って回るから場所を教えてくれ。とにかく、今日は休むんだ」

僕が眠れなかったのは独りよがりのくだらない勝手な理由だ。

ギルネ様にそんなご迷惑をかけるわけにはいかなかった。

「ギルネ様に謝らせるなんて！　そんなことできません！」

「ティム、お願いだ……頼む、聞いてくれ。心配なんだ」

ギルネ様は祈るような瞳で僕を真っ直ぐに見つめる。

多分、このまま仕事に行く方がギルネ様にとっての心理的な負担になってしまうだろう。

「……分かりました、ギルネ様。ありがとうございます」

そう言うと、ギルネ様はため息を吐いて安心したような表情を見せる。

「礼を言うのは私の方だ。ティム、私のお願いを聞いてくれてありがとう」

優しいギルネ様はそんなことまで言った。

僕はギルネ様に森守族《エルフ》の飲食店『ダイナー』と妖精族《フェアリー》の服屋さん『テーラーハウス』の場所を教えた。

ちょうど、その時レイラたちも起きてきたので事情を伝える。

鉱山の剛腕族《ドワーフ》はレイラが働くついでに謝ってくれるらしい。


「――はぁ……何してるんだ、僕は……」

ベッドに入ると、自分自身に呆れて呟く。

ギルネ様が誰を好きになろうが僕なんかには干渉の出来ないことだ。

ただ、自分はギルネ様に仕えて冒険者になるという夢を一緒に叶える。

そこまでの関係だ、ギルネ様に好きな人ができたなら喜ぶべきことじゃないか。

むしろ、冒険の途中で僕に仲間以上の気持ちを持たれたらギルネ様だって困るだろう。

もう旅なんてしてくれなくなってしまうかもしれない。

（僕の冒険についてきてくださっているだけで凄く光栄なことなんだ。欲張ろうとするな……）

自分で自分に何百回と言い聞かせて、僕は意識を手放した……。

「ティム……ティム、起きているか？」

優しい声で名前を呼ばれ、僕は目を覚ます。

瞳を開くと、外はもう暗く魔道具の電灯が室内を明るく照らしていた。

「具合はどうだ？　顔色は良くなったみたいだが」

ギルネ様が心配そうに僕の顔を覗く。

上体を起こすと、僕は胸を叩いた。

「はい、バッチリ休めました。本当にありがとうございます！　あはは、あのまま働きに出てたら倒れてたかもしれませんね」

僕がそう言うと、周りにいたレイラたちも安心した表情でため息を吐いた。

「ティムお兄ちゃん、よかった〜」

「ティムったらまた無理してたのね。ギルネが気づいてよかったわ。お仕事は私が人魚と剛腕族《ドワーフ》の所で働いてお給料をもらってるからティムは休んでて大丈夫よ！」

「うむ、森守族《エルフ》と妖精族《フェアリー》の店にもアイラとアイリと一緒に頭を下げに行ったんだが、どちらも『元気になるまで来なくていい』と言っていたからな。必要なら給料を先払いしてやるとまで言ってたくらいだ」

「いいえっ！　もう十分です！　気持ちを切り替えて、明日からはしっかりと働きますよ！」

しっかりと寝て、僕は気持ちを切り替えることができていた。

そうだ、僕はギルネ様が幸せになりさえすればいい。

旅先で恋をしたなら応援するのが正解だ。

たとえ、その誰かと抱き合ったりするような関係になったとしても――

「それと、ティムが元気になるかと思ってジャックを連れてきたんだ」

「ジャッ、ジャックさんをですか⁉」

僕は思わず身構えてしまう。

ギルネ様が愛してやまない、相手だ。

嫉妬してしまわないように気をつけないと……うぅ、ダメだ心の準備が――

ギルネ様は大きな猫をひょいと持ち上げて僕に見せてきた。

大きな猫は不機嫌そうな表情でギルネ様に抱かれている。

「……大きい猫さんですね」

「あぁ、そうだろう？　見た目どおり、凄いモフモフなんだ！」

ギルネ様は猫に頬を擦り付ける。

もしかして――

「……ひょっとして、この方がジャックさんですか？」

「あぁ、どうだ？　猫は癒しの塊だからな、ティムの疲れも取れると思ったんだが」

「にゃーは猫じゃなくて妖精猫《ケットシー》だにゃ！　というか、お前がにゃーを抱く必要はないにゃ！　おろすにゃー‼」

「しゃ、喋った⁉」

大きな猫は暴れてギルネ様の顔を何度も足蹴にした。

しかし、ギルネ様は恍惚とした表情で受け止める。

「ほら、ティムも堪能してくれ」

ギルネ様によって差し出されたジャックさんの手を握る。

肉球がぷにぷにしていて気持ちいい……。

「どうだ？」

「……凄く元気がでました」

「だろう!? やっぱり猫は万能の精神安定剤だな！」

「だから、妖精猫《ケットシー》だにゃ！　まぁ、もう猫でいいにゃ。一応説明すると、最近この国に移住してきた少数種族だにゃ」

ジャックという立派な名前を持った猫さんはそう言って耳をピコピコと動かした。

予想してなかった結末に僕は肉球をぷにぷにしながら頭を整理する。

そういえば、レイラはギルネ様に話しかける時に『話の続きを聞かせて』と言っていたし、ジャックの正体が大きな猫であることはレイラに説明していたのだろう。

そのせいでギルネ様も僕にはすでにそのことは説明してたと勘違いしたまま話し出したのだと思う。

つまり、僕はずっと猫に嫉妬して……。

「それにしても、ジャックさんもよく来てくれたよね。宿に来たらギルネお姉ちゃんに散々弄られることは想像できたのに」

「昨日はウザいくらいに、にゃーに抱きついて来たのに今日はこいつの元気がなかったから気になっただけだにゃー。お前にスリスリされたり吸われるのは変わらず嫌だから勘違いするなにゃー」

「心配してジャックさんの方から追いかけてきたんですね！　うふふ、ジャックさんって実はお優しいんですね！　いい子いい子」

　アイリに頭を撫でられ、ジャックさんはあきれ顔でため息を吐いた。

「ティム、他にしてほしいことはないか？　私はティムのためだったら何でもするぞ！」

　ジャックさんの足が頬にめり込んだまま、ギルネ様は真剣な表情で僕に聞く。

　自分の勝手な勘違いでドッと疲れてしまった僕は安寧を求めてつい口走る。

「……ジャックさんと一緒に寝させてください」

「もちろんいいぞ！」

「勝手に許可するにゃー!?　まぁ、ギルネと一緒にいるよりかはティムの方が安全そうだにゃ。一晩ここに避難するにゃ」

　そう言ってジャックさんは僕の布団に潜り込んだ。

「じゃあ、今日はティムの布団ということでいいな」

「『今日は』って何だにゃ!?　明日以降も誰かと寝かせられる前提かにゃ!?」

「では、私たちも寝よう。明かりを消すぞ」

　ギルネ様がそういうと、みんなは各々ベッドに入った。

「「お休み〜！」」

「はい、みなさんお休みなさい」

横たわるとジャックさんが僕の胸元に身を寄せる。

「ほら、ティム。お前が元気にならないとギルネが協力してくれないにゃ。早く元気になるにゃ」

ジャックさんの大きな肉球で頭を撫でられ、フワフワの毛に包まれた。

（やっぱり、ギルネ様がずっと抱きしめてたからジャックさんからギルネ様の匂いがする……はぁ幸せ……）

僕は今までで一番の安らかな眠りについた。

【機械】で獣人国を
豊かにしよう!

Ascendance of a Choreman
Who Was Kicked Out of the Guild.

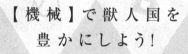

「ただいま帰りました〜」

「みんな、帰ったわよ〜」

仕事を終え、レイラとともに宿の部屋に戻る。

ギルネ様たちは大量のゴテゴテとした金属の装置に囲まれていた。

これらは『機械』と呼ばれるモノらしい。

「お帰り〜！　ティムお兄ちゃんたち！　私たちもようやく作っている物が一通り完成したんだ！」

いつものように、アイラが僕とレイラに抱きついてお腹に顔を埋めた。

この『機械』という物はジャックさんが国中からかき集めてきた素材をアイラの指示通りにみんなで加工して作っているらしい。

なんでも、これがあれば獣人族《ビースト》のような魔力がない種族でも魔道具のように便利な機能が使えるのだとか……。

「うわ〜、凄いね！　これなんて銅線が張り巡らされてて……作るのに凄く根気が要りそう……」

僕が機械の一つを見ながらそう呟くと、アイラが説明してくれた。

「ジャックさんは肉球のせいで細かい作業はできないから、その回路を作るための銅線は私たちで作ってたんだ〜。やってみたら、私もギルネお姉ちゃんもすぐに腕が疲れちゃったんだけどね……」

「あぁ、だがアイリは全く休まずに銅線を編み続けてくれたんだ！」

「わたくしは疲れませんから！　それに細かい地道な作業も得意です！」

「アイリも役に立ってるんだね！　偉いぞ～、アイリ！」

「ありがとうございます、ティムお兄様！　御褒美にアイリの頭を踏み――撫でてください！」

言われた通り、僕がアイリの頭を撫でると、アイリは嬉しそうに頭を手にこすりつける。

「ほら、レイラも見てごらんよ！　アイラが本で得た知識で作ったんだよ！　凄いよね！」

僕が手に持ちやすいL字型の機械を手に取ってレイラにさしだすと、レイラは慌てて飛び退いた。

「わ、私は馬鹿力だから触ったら壊しちゃうかもしれないわ！　みんなが頑張って作ったモノだもの、壊したりしちゃったら大変！」

「あはは、レイラ。そんな簡単に――いや、確かにあるかも……」

僕はレイラがよく宿の設備を普通に使おうとして壊してしまっていることを思い返した。

ドアやキッチンを破壊するとかくらいなら僕でも簡単に直せるけれど、この複雑な機械は無理だ。

「ち、近くで見るくらいなら壊れないわよね？」

「あはは、レイラ。流石に見るだけじゃ壊れないよ」

僕はレイラの目前まで機械を近づけると、レイラは再び慌てる。

「ティム！　それ以上私に近づけないで！　壊れるかもしれないわ！　突然、ボンッ！　って！」

「それはそれで見てみたいな……」

「お姉ちゃん、トラウマになっちゃってるね……」

レイラが何か物を壊してしまったらいつも僕が直しているんだけれど、その度にレイラはいつも本当に申し訳なさそうに僕に頭を下げている。

レイラが何を壊そうが、僕にとっては可愛いものなんだけれど本人は凄く気にしているみたいだ。

「よし、じゃあティムお兄ちゃんが持ってるその機械を試運転しようか！　ティムお兄ちゃん、貸して！」

「うん、アイラ！」

僕が機械を手渡すと、アイラは回路がむき出しになっていた部分を蓋で閉めた。

「これはどんな機械なの？」

「魔道具のドライヤーと同じで、風を出して髪とかを乾かす機械だよ！　冷房や暖房にも使えるね！」

「獣人族《ビースト》は尻尾もあって濡れると乾かすのが大変なのに、魔道具が使えないのは可哀想だからな」

「お前らのおかげでにゃ〜の目的が果たせるにゃ〜。大したお金も渡せないのに本当にありがとうにゃ〜」

「そのかわり、ジャックさんには身体で払ってもらっていますからね……僕たちこそありがとうございます」

毎日誰かの抱き枕にされているジャックさんにお礼を言う。

ちなみに、ギルネ様と一緒に寝た翌日はいつも身体中の毛がもみくちゃにされた状態でうつろな目で青空を見上げている。

そして、今も当然のようにギルネ様に抱きかかえられていた。

アイラがドライヤーを持ってそのギルネ様のもとに持っていく。

「じゃあ、ギルネお姉ちゃん。ここに雷を流してみて」

そう言って、アイラはドライヤーから出ているコードの端をギルネ様に掴ませた。

コードの先は銅線がむき出しになっている。

「うむ、分かった。いくぞ！」

「ちょ、ちょっと待つにゃ！　雷を扱う前ににゃーを膝から降ろし――」

「【発電《エレクト》】！」

ギルネ様の全身をバリバリと雷が纏い、ジャックさんの毛が逆立つ。

「あばばばばっ!!」

「ジャックさーん！」

ジャックさんが感電していたが銅線の先に付けられたドライヤーは温かい風を出し始めた。


そして、数々の機械の試運転が終わった僕たちは【収納《ストレージ》】にそれをしまい、片道三日をかけてグラシアスへと戻ってきた。

「ティム様たちがお戻りになったぞ～!!」

グラシアスに戻ってくると、僕たちを見た門番の人たちは王都中に響く大声で帰還を知らせた。

「何だにゃ～？　お前たち、人間族《ヒューマン》なのに獣人族《ビースト》に歓迎されてるにゃ～」

「あぁ、ティムはこの国では英雄なんだ。この国が世界中のありとあらゆる凶悪な魔獣や魔族に襲われ、火の海に沈んだ時、ティムは私を抱きかかえたまま指一本でそいつら全員を薙ぎ倒してな――」

「ギルネお姉ちゃん、また記憶が盛られてる……ティムお兄ちゃんも大怪我してたし、かなりギリギリで倒してたんでしょ？」

「いいえ、アイラさん。ティムお兄様は苦戦などしませんわ。きっと、あえて痛めつけられることで自分を鼓舞したんだと思います。わたくしもそういう気持ちはわかりますわ！」

「そ、そうだったのね……わたしったらティムをまた侮っちゃったわ」

「レイラ、信じないでよ⁉　ぜ、全部みなさんの助けがあってこそですよ……あはは……」

「……ティム、お前も大変そうだにゃ～」

ジャックさんはそう言って僕に同情の目を向ける。

やがて獣人族《ビースト》の国民の皆さんが集まって僕たちを歓迎してくれた。

かつて、周囲が魔獣や魔物だらけだったコンフォード村にいた人たちも今はこの安全な国で暮らすことができている。

「お兄さんたち！　ほらこれ見て！」

そう言って、僕たちが初めて出会った獣人族《ビースト》の少女、ルキナが自分の着ている服を見せつけるように一回転してみせた。

「これ、お兄さんが作っていた洋服をみんなで真似して作ってみたの！」

「うわぁ～、凄く綺麗だよ！」

洋服はところどころほつれていたけれど、以前の布を切り取っただけのような服に比べるとかなりしっかりしたモノになっていた。

「えへへ、そうでしょう？　あの時、お兄さんが色んな綺麗な服を作って私たちに着させてくれたから今はみんなお洋服作りに夢中なんだ！」

確かに、周りを見てみると僕が作ってあげたような服を着ている獣人族《ビースト》が多かった。

レイラからもらった本を参考に様々な洋服を片っ端から作ったけれど、獣人族《ビースト》の皆さんってスタイルがいいから何でも似合っちゃうなぁ……。

「お、お前ら止めるにゃ〜！」

「わぁ〜、すっごいモフモフ！　何この猫ちゃん⁉」

ジャックさんは子どもたちに囲まれておもちゃにされていた。

ギルネ様はため息を吐いて子どもたちを注意する。

「こらこら、お前たち。あまり相手が嫌がることはしちゃダメだぞ」

「お前が言うにゃ⁉　どんだけにゃ〜の身体で遊んだと思ってるにゃ⁉」

今だに雷で感電させられた恨みが消えていないジャックさんは子どもたちにもみくちゃにされながら突っ込んだ。

そして、周囲を見回して僕は気がつく。

「あれ？　そういえば、ロウェル様がいらっしゃいませんね。あと、シュトラウスさんも」

「シュトラウスの奴は復興が終わったらさっさと実家に帰った。ロウェルなら、今はエドマンのところだ。ティム、城に行って連れて来てやってくれ。あいつも喜ぶだろう」

背後から聞こえた渋い声に振り返ると、ライオスが壁にもたれかかって腕を組んでいた。

「あら、ライオス！　元気だったかしら！」

レイラが笑顔で近づこうとすると、ライオスは慌てて両手で待ったをかける。

「そ、それ以上近づくなレイラ！　俺より先にあいつらをどうにかしてやれ」

そう言って視線を泳がせると、その先には嫉妬で殺しそうな目つきをしたメイドさんたちがライオスを見ていた。

きっと、レイラが帰ってきたことを知ってお城から仕事を投げ出してここにきたのだろう。

ワンテンポ遅れてレイラもメイドさんたちに気がつくと、視線を向けられた彼女たちは慌てて身だしなみを整える。

「あっ、旅立つ時に見送りにきてくれてたメイドさんたちだわ！　なんで、あんなに遠くにいるのかしら？　分かったわ、行ってくる！」

レイラは笑顔で走って行った。

「ティムお兄様、お城に行くんですよね？　アイリもお供いたしますわ！」

アイリがそう言って、僕の隣にくるとライオスが首を横に振る。

「ロウェルを連れてくるだけだ。そんなにぞろぞろとみんなで行く必要もないだろう。それよりアレをどうにかしてやった方がいいんじゃないか？」

ライオスの視線の先には子どもとジャックさんを奪い合うギルネ様とそれをなだめようと必死になっているアイラ、腕と足を引っ張られて伸びているジャックさんがいた。

ジャックさんの瞳からは光が失われていた。

「あぁ、あれではいけませんわ！　ジャックさんが千切れてしまいます！」

「というか、なんであんなことに……」

そう思っていると、アイラもアイリに助けを求めてきた。

「ごめん、私が『ジャックさんを引っ張りあって、勝った方がモフれるようにしよう！』って提案したんだ……。本当はジャックさんが痛がった時に先に手を離した方を勝者にしようとしてたんだけど。みんな普通に容赦無くて……」

「ギルネ様……」

きっと、ますますジャックさんに嫌われただろうなと想像する。

「では、わたくしもジャックさんを救出にいきますわ！　ロウェル様の方はティムお兄様にお任せします！」

「分かった、僕がロウェル様を連れてくる！　ちょっと待っててね！」

僕はそう言って、お城へと駆けた。


エドマンさんとお話をしていると聞いたので、王座に向かっているとその途中の廊下でロウェル様とバッタリ会った。

どうやら、用事は済んだ後らしい。

僕を見て、ロウェル様は驚いて尻尾をピンと伸ばして瞳を丸くする。

「えぇ⁉　雑用係君⁉　どうしてここに⁉」

「ロウェル様、お会いしたかったです！」

僕はここに顔を出した理由をロウェル様に説明した。

「そ、そうなんだ……。びっくりしたけど嬉しいな。ヘーゼルは今ここの兵士と訓練中だから連れてきてあげるね」

「はい！　ヘーゼル君と会うのも楽しみです！」

その時、ついでにあのことを思い出す。

「そうだ！　これをお返しいたしますね！」

僕は布袋を取り出して手渡した。

ロウェル様は手に取ると、不思議そうに首をかしげる。

「これは何……？」

「ロウェル様の言う通り、ロウェル様がコンフォード村で渡してくださったこのお金がなかったらオルケロンで路頭に迷っていました！　本当にありがとうございます！」

そう言って、深々と頭を下げる。

僕の言葉で中身がお金だと察したロウェル様は慌てて僕に突っ返そうとする。

「そんな！　返さなくていいよ、それはお礼というか、代金というか……って、ていうか、君はヘーゼルもこの国も村も救ってくれた大英雄なんだからこんなの返さなくていいんだよ！」

「いいえ、それはそれ。これはこれです！　受け取ってください！」

「だ、だからいいってば！」

「ダメですってば！」

僕はロウェル様の腕を掴んで、その手にお金の入った袋を無理やり握らせる。

「あ……もう、意外と強情なんだから……」

ロウェル様は困ったように顔を赤くしたまま、僕に掴まれた手を見つめていた。

そして、何かを思いついたかのように、僕の手をもう片方の手も使って両手で握る。

「そ、そうだ！　雑用係君、またモフモフに触りたくない!?　そろそろ恋しいよね!?　よ、よかったらまた私の尻尾とか耳とかどこでも触って——」

「ティム、ここに居たのかにゃ～！　立派な城だから迷いそうになったにゃ。子どもたちはしつこいし、ギルネには抱きつかれて暑苦しいし、ここに逃げて来たにゃ～」

ロウェル様がお話をされている途中で、ジャックさんがトコトコと廊下を歩いてきた。

「もうさっさとにゃーたちが作った機械をお披露目したいから来るにゃ～」

そう言って、ジャックさんはもみくちゃにされてしまっている自分の毛を整えながら僕によじ登り、肩に乗った。

「あ、はい！　では、ロウェル様も一緒に行きましょう！」

しかし、ジャックさんを見てロウェル様は固まってしまった。

「ぜ、全身モフモフ……私なんかより……」

そんなことを呟くと、ロウェル様は突然涙ぐむ。

「そっかぁ、私なんてもう雑用係君にとって何の魅力もない中途半端な獣なんだね……。私の身体じゃあ、もう雑用係君を悦ばすことなんて出来ないんだ……」

「ど、どうしたんですかロウェル様⁉」

早口で何かを呟くロウェル様。

意図が読み切れず、僕は困惑してしまう。

「いいの、雑用係君には魅力的な人が集まるって私は分かってたから。私の身体なんてもう興味はないんだよね……」

「えっと、ごめんなさい……。意味がよく……」

「ティム、お前は罪な男だにゃ～」

ロウェル様の呟きを聞いたジャックさんは僕の耳元でそう言って、目を細めて僕を見つめる。

「ジャックさん、分かるんですか？　ロウェル様がどうして悲しんでいるか」

僕が小声で問いかけると、ジャックさんは頷いて耳元で囁いた。

「ティム、こいつを抱いてやるにゃ」

「えぇ⁉　そ、そんなことできませんよ！」

「それが男らしさってやつだにゃ」

「お、男らしさ⁉　……分かりました、そういうことであれば男らしい僕はそうします！」

僕はガチガチに緊張しながらロウェル様を抱きしめた。

女の子特有の良い香りが獣耳からフワリと香る。

すると、ロウェル様は身体をビクリと震わせた後に獣耳を僕にグリグリと押し付ける。

「ジャックさん、やりましたよ！　ロウェル様を抱きました！」

僕が小声で言うと、ジャックさんは頭を抱えた。

「いや、抱くってそういう意味じゃ——ま、こいつも幸せそうな顔してるからこれでもいいかにゃ」

「ところで、ジャックさん。少し背が伸びましたか——？」


「ティムさん！　よくぞご無事で！」

「ヘーゼル君、久しぶり！」

その後、ロウェル様に案内をしてもらいお城の訓練場でヘーゼル君と再会した。

「ティムさんとまた会えて嬉しいです！　僕もティムさんみたいに立派になれるようにあれから毎日鍛錬をしているんですよ！」

「そ、そうなんだ！　確かに立派になってるね。背も伸びてるし……」

「ありがとうございます！　ティムさんは憧れの人なので、そう言ってもらえると凄く嬉しいです！」

尻尾をブンブンと振り回し、純粋無垢な瞳を向けるヘーゼル君に僕は心の中で静かに焦る。

やばい、このままだとヘーゼル君に身長が抜かされてしまいそうだ。

僕も身長が低いというわけではないんだけれど、獣人族《ビースト》は発育がいいから……。

「おぉ、お、お、お前だにゃ〜!!」

ロウェル様に抱き抱えられているジャックさんはへーゼル君を見て、突然大声を上げた。

「ティムさん、この猫ちゃんはどうしたんですか？」

「お前、覚えてないのかにゃー!?　三年前ににゃーが魔獣に食われそうな時にお前が助けてくれたのにゃ！」

そう言われて、へーゼル君は思い出したように手を叩いた。

「あぁ、あの時の！　大蛇の魔獣のお腹をかっさばいたら出てきた猫ちゃん！」

「そうだにゃ！」

「いや、『食われそうな』っていうより食べられちゃってるじゃん」

「あはは、本当に間一髪だったんですね……」

「そうだにゃ！　にゃーはその恩返しに来たのにゃ！　ほら、お前『いつも大変そうな母さんを喜ばせたい』って言ってたにゃ！　だから、ニャーは生活が便利になる道具をずっと開発してたにゃ！」

そう言われてへーゼル君の顔が赤くなった。

ロウェル様の目の前で当時の自分がそんなことを言っていたのを暴露されたのだから当然だ。

というか、へーゼル君は八歳の時からすでに魔獣を倒してたんだ……僕なんて最近ようやく倒せるようになったのに……。

心の中で静かに落ち込む。

「で？　お前の母さんはどこだにゃ？」

「ヘーゼル、ありがとうねぇ！」

ロウェル様は喜びのあまり、ジャックさんを投げ捨ててヘーゼル君の頭をワシャワシャと撫でた。


グラシアス王城の大広間、エドマンさんと国中の獣人族《ビースト》の皆さんを前に僕とジャックさん、ギルネ様たちで並ぶ。

本当は街の広場で発表しようと思っていたんだけれど、エドマンさんの耳に届き、お城の大広間を一般開放して使わせてもらえることになった。

「よし、ティム！　機械を出すにゃー！」

「はい！　ジャックさん！」

僕は【収納《ストレージ》】から〝蓄電器《ちくでんき》〟という巨大な装置を出した。

大きな手回しのレバーがあり、これを回すことで雷を発生させて機械の内部に溜められるらしい。

僕も回してみようとしてみたけれど、重たくて全然回らなかった。

「これを回せばいいの？」

ヘーゼル君はそれを軽々と片手で回す。

分かっていたけれど悲しくなる、いやこれは種族の差であって仕方がないことだから……。

「アイラ、これでいいんだよね？」

僕が確認すると、アイラは笑顔で頷く。

「うん。中にはギルネお姉ちゃんの強力な雷を受けて磁力を持った、電磁石っていうのが入っていて、『電磁誘導』っていう現象を利用して手回しのエネルギーを雷に変換してるんだ！」

「……なるほどね！」

一言も理解できなかった僕とレイラは腕を組んで物知り顔で頷く。

今の短い説明だけで、獣人族《ビースト》の皆さんの内、数人が眠りそうになっていた。

ある程度ヘーゼル君が回し終えるとアイラが次の説明に移った。

「この〝蓄雷器〟に機械のケーブルを挿せば、雷が機械に流れ込んできて機械が動く仕組みだよ！」

「そうだにゃ！　まずは食材の保存だにゃ！」

そう言って、ジャックさんは魔道具でいう〝冷蔵箱〟と同じ物を出して、そこから伸びたケーブルを〝蓄雷器〟に繋ぐ。

すると、冷蔵箱から冷気が漏れ出て獣人族《ビースト》たちは驚きの声を上げた。

「ふふふ、どうだ！　これが雷の力だ！　仕組みは全く分からんが！」

ギルネ様は得意げに胸を張った。

これなら、森で採れた果物や仕留めた魔獣の肉も長く保管ができるようになる。

「さらに、掃除機！　洗濯機！　炊飯器！」

アイラが説明をしながら、次々と機械を実演していく。

どれも魔道具としては色んな国に普及している道具だったけれど、魔力を持たない獣人族《ビースト》にとってはどれも革命的な道具だった。

「そして、ミシン！　これさえあればお洋服ももっと楽に作れるようになるよ！」

「えぇ～！　すっごーい！」

そして、ルキナも跳び上がって喜んでいた。

一通り、説明が終わったところでエドマンさんの側近の人が僕に言う。

「ティム様お疲れ様でした。今夜、ティム様たちがお戻りになられたお祝いに宴を開きますので、このお城の好きなお部屋でお休みください。急ぎ、メイドたちに準備をさせます」

側近の人がそう言うと、僕は提案する。

「あっ、でしたら僕も手伝います！」

僕はグラシアスに戻る前にオルケロンで大量の海の幸を手に入れていた。

獣人族《ビースト》の皆さんも山の中で生活していて、海には近づいたことがないだろうし、これを料理して出せばきっとみなさん喜んでくれるはずだ。

しかし、側近の人は首を横に振った。

「いえいえ、とんでもないです。この国を救った英雄様にそのようなことは――」

「僕がそうしたいんです！　ぜひ、お料理を作らせてください！」

僕の意欲に負け、僕の料理の腕も知っている側近の人は了承した。

「それは大変ありがたいお申し出です。では、せめて演し物は精一杯こちらできらびやかなモノをご用意いたします。ロウェルの曲芸だけでなく、演劇や打楽器による演奏もありますよ！」

「あっ、じゃあその衣装は僕がお作りします！」

僕は再び手を挙げた。

オルケロンでも僕はさらに新しく様々な種族の民族衣装を見てきた。

それに、今は獣人族《ビースト》のみなさんだって色んな服を着たがっているとルキナから聞いたし、きっと僕が作った服を喜んで着てくれるだろう。

ミシンも手に入れて、これからの洋服作りの参考になるかもしれない。

「い、いえ！　ですが――」

「お願いします！　作りたいんです！」

久しぶりに大人数への本格的な家事をさせてもらえることに僕はどんどん奉仕欲が高まってきた。

「そうだ！　お洗濯物とか溜まっていませんか？　お城の掃除もしますよ！　僕が纏めてスキルで綺麗にしてしまいますので、今日くらいは使用人の皆さんもお休みにして差し上げてください！」

僕がそう言うと、それを聞いていた周囲のメイドたちも驚いて目を見開く。

側近の人に満面の笑みを向けると、根負けしたようにため息を吐いた。

「ううん、どうやら敵いそうもないですね。分かりました、ティム様が心ゆくまでご奉仕されてください。私たちはそれを甘んじて受けさせていただきます」

「はい！　ありがとうございます！　よ～し、まずはお掃除から！」

僕は鼻歌を歌いながら家事に取りかかった。

そして、夕方には僕がセッティングしたお城の会場で宴が始まった。

会場のみんなは僕が作った洋服を着て楽しんでいる。

「みなさん、お腹いっぱい食べてください！」

「あはは、本来おもてなしするはずの私たちが逆に雑用係君にもてなされちゃってるね……」

僕が作ったチャイナドレスを身に纏ってロウェル様は苦笑いする。

「ごめんなさい、でも僕にとってはこうして皆さんが一日思いっきり羽を伸ばすことができるのが嬉しいので！」

「君はそういう人だよね～。それなら私も遠慮なく雑用係君のお料理を堪能させてもらうね！　この綺麗な衣装もありがとう！　後で曲芸を披露するから楽しみにしててね！」

ロウェル様はそう言って、手を振りながら僕から離れる。

「すご～い！　これが海獣!?　こんな食べたことないよ！」

「これが噂に聞くエビ……ううむ、顔が若干グロテスクだが……っ!?　美味い！」

「いつもなら一日中お掃除でこの時間はヘトヘトなのに、休んだ上にこんなに美味しい料理を食べられるなんて最高だわ！」

そして、会場からは口々に獣人《ビースト》族の皆さんの嬉しそうな声が聞こえてきた。

（よかった、みんな楽しんでくれてる）

「ティム、疲れていないか？」

ギルネ様が少し心配そうに聞いてくる。

「ちっとも疲れていません。それに……みなさんの笑顔を見たら疲れなんて吹き飛んでしまいますよ」

「ふふふ、私は本当に誇らしいよ。ティムの能力がドンドン認められて、みんなの役に立っていることがな」

「ありがとうございます。そういえば、ギルネ様たちは日中、お買い物に行かれていたみたいですね？」

「あぁ、獣人族《ビースト》が使っているシルクという素材は凄く肌触りがよくてな。みんなで下着を買いに行ったんだ。そうだ、後でティムも見てみるか？」

「し、下着――!?　だ、大丈夫です！　すみません、変な事をきいてしまって！」

「しかし、私もティムが作った下着を穿いてみたいんだ。勉強になるんじゃないか？　ちなみに、私が今穿いているのは――」

「ギルネ様！　曲芸！　ロウェル様の曲芸が始まりますよ！　ステージを見ましょう！」

「おぉ、楽しみだな！」

醜悪な下心で顔が赤くなってしまう前に僕はどうにか話を誤魔化した。


ロウェル様の美しい曲芸も見終わり、宴会場の端で一人休んでいると綺麗な獣人族《ビースト》のお姉さんたちが5人、お酒を手にやってきた。

「ティム様、お隣よろしいですか～？」

「は、はい！　良いですよ！」

この宴が始まってから、代わる代わる獣人族《ビースト》のみんなが感謝を伝えにくるのでこのお姉さんたちもきっとそうだろう。

感謝されても照れてしまわないように僕は気を引き締める。

「ティム様って凄くカッコいいですし、素敵ですよね～」

しかし、予想外にも容姿について褒められたので僕はすぐに破顔してしまった。

「そ、そんなことないですよ～！　僕も獣人族《ビースト》の大人の男性のみなさんみたいにもっと強そうな顔に生まれたかったです」

「いえいえ、可愛らしくて私は大好きですよ～」

「むしろ、獣人族《ビースト》の男って家事もしないし、戦闘ばっかりですから」

「その点、ティム様ってすっごくお優しくて素敵ですよね！」

そう言って、座ったまま僕に身を寄せてきた。

尻尾が僕の膝の上に乗っている……尻尾って確か獣人族《ビースト》にとって触られるのも大変な場所だったんじゃ――

「そうだ！　ティム様も私たちと御一緒に一杯どうですか～？」

お姉さんたちの一人がそう言って、僕の前にワイングラスを置いて注いでしまった。

「ごめんなさい、僕はまだ十五歳なのでお酒は……」

「少しくらい大丈夫ですよ！　それに、お酒が強い人って凄く男らしくてカッコいいと思いますよ！」

「そうです！　女の子はみんなお酒を一気に飲み干すような男らしい人が好きなんですよ！」

「そ、そうなの……⁉」

僕は宴会場でロウェル様のナイフを投げて遊んでいるギルネ様を見る。

その先には、頭にリンゴを乗せられて泣いているロウェル様がいた。

きっと断り切れなかったのだろう……。

（お酒を飲んだら、ギルネ様にも男らしくて素敵だって思ってもらえるかも……！）

「そうですよ～！　ほら、一気に飲み下してしまえば苦みもありませんし。まずはお試しってことで」

「僕は男らしいから苦いのも辛いのも平気です！　わ、分かりました。じゃあ、思い切って……！」

僕はなみなみと注がれたワイングラスを手に取ると、思い切って飲み下した。

吐き出したくなるような苦みと渋みが口中に広がる。

「キャー！　素敵──！」

「ティム様、すっごく男らしいですよ！」

「そ、そうかな！　あっはっは──」

直後、視界が一気にぼやけて意識が薄れていった……。

「よし、チャンスね！」

「待って、誰か来るわ！」

「──ティムお兄様もナイフ投げをしてみませんか⁉　アイリが的になりますので……ってティム

お兄様⁉　どうされました⁉　ティムお兄様⁉」

「大変！　早くベッドに運ばなくちゃ！」

意識を失う前に、心配そうに声を上げるアイリとレイラの声が聞こえた。


「ティム……ティム……起きてくれ」

「う～ん……」

ギルネ様のお声で僕は目を覚ます。

身体を起こすと、目の前には薄いネグリジェを羽織ったギルネ様が腕を組んでレイラたちと並んで立っていた。

「ギ、ギルネ様⁉　風邪を引いてしまいますよ！　こちらを！」

ギルネ様の服が薄く透けていて、余りに扇情的だったので僕は慌てて上着を作ってギルネ様の肩にかけた。

「ありがとう、ティム。だが、今はそれどころではない。早く逃げないとダメだ」

「一体、何が……。うぅ、ダメだ頭が痛くて何も記憶がない……」

「ティム、まずは自分に【洗浄《クリーン》】を使ってお酒を抜くんだ。ルキナ。説明してくれるか？」

ギルネ様がそう言うと、その隣には獣人《ビースト》族の少女、ルキナがいた。

「うん。あのね、今回お兄さんたちが持って来てくれた機械？　ってやつ。どれも本当に凄くて私たちは感動したんだけれど、そのあとお兄さんがスキルでその機械と同じことを一瞬で済ませちゃっているのを見て……」

「『機械なんかよりティムの方が欲しい！』となってしまったそうなんだ」

「えっと、つまり……？」

僕が自分に【洗浄《クリーン》】をかけて酔いを醒ますと、アイラが両手を振って声を上げた。

「獣人《ビースト》族の女の子たちがみんな、ティムお兄ちゃんを籠絡しようとしてるんだよ！」

「えぇ⁉」

「ティムお兄様がお酒を飲まされたのはそのせいです。ちなみにお兄様はお酒を飲まれると暴言を吐いたり、暴力的になったりするなんてことはありませんか？」

アイリはなにやら鼻息を荒くして聞いてきた。

「そ、そんなことはないと思うけど……」

「アイリお姉ちゃん、ティムお兄ちゃんはほろ酔いになるとヤンデレになるよ」

「そ、そうなの⁉」

そういえば、以前もお酒を飲んでしまったことがあるような……。

ギルネ様が「あの時のティムは抱きついて来て可愛かったな」なんてしみじみと呟いているのを、僕は聞かないフリをした。

「まぁ、つまり。ティムを酔わせてその間に既成事実を作って自分のモノにしたかったようだな。こいつらは」

そう言ったギルネ様の視線の先を目で追う。

すると、床に若くて可愛い獣人族《ビースト》の女の子が布団を掛けられて気絶させられていた。

「全く、破廉恥な奴らだ。ほとんど下着みたいな格好でティムに夜這いしようとしたんだ。大方、酒に酔っていれば抵抗できないとでも思っていたのだろう。卑劣な奴らだ」

「レイラお姉ちゃんもここに来てこの人たちを見た時に鼻血が出ちゃってたんだけど……止まった？」

「……うん。ごめんなさい。肝心な時に役に立てなくて……」

ルキナは悲しそうに呟く。

「確かに、ティムお兄ちゃんがいれば可愛い綺麗なお洋服が沢山着れるのかもしれないけれど。でも自分たちでちゃんと作っていくことが大切だと思うんだ。それに、お洋服作りって凄く楽しいし……人任せにしちゃダメだと思うんだ」

「ルキナ……」

僕はルキナの頭を撫でる。

「うん、凄く立派な考えだよ。そうやって人の為に物作りを頑張る喜びを知ってもらえて嬉しいよ」

「ルキナの言うとおりだな。こいつらが目をさましたら説教してやってくれ」

ギルネ様の言葉にルキナは笑顔で胸を叩く。

「うん！　任せて！」

「それで、逃げなくちゃっていうのは……？」

「あぁ、どうやらティムに襲いかかろうとしているのはこいつらだけではないようなんだ」

ルキナは説明する。

「うん、メイドの人たちがお兄さんを襲おうと話し合っているのを聞いたのも別の人たちで、ついさっきのできごとだから……」

「このままじゃ、今からひっきりなしにティムが獣人族《ビースト》に襲われることになりそうだからな。今から逃げた方が良いということだ」

「そ、そんな……せっかくこの国に来たのに夜逃げみたいなことになるなんて……」

「ちなみにジャックさんも回収済みだよ。宴会場でも子どもたちのおもちゃにされてたから、疲れ果てて眠っちゃってるけど」

「うにゃ～……ギルネ、やめるにゃ～……にゃ～にも人権があるにゃ～……」

ジャックさんはアイリの背中でうなされるように眠っていた。

「じゃあ、仕方がないですね。これ以上僕がここにいると混乱が大きくなってしまいそうですし……」

覚悟を決めて、僕は部屋の窓を開いた。

「じゃあね、ルキナ。みんなによろしくね！」

「うん、お兄さんたち、そして猫ちゃん！　ありがとうね～！」

僕たちは窓から飛び出して、グラシアスを出た。


「――それにしても、みなさん。助けてくださり本当にありがとうございます！　ルキナが教えてくれて、急いで僕の部屋に来てギリギリ間に合った感じだったのでしょうか？」

またオルケロンへと向かいながら僕は皆さんに感謝した。

「ううん。ルキナちゃんが計画に気がついて私たちに教えてくれた時には実はもうティムお兄ちゃんはあの部屋に転がってた獣人族《ビースト》に襲われちゃってて――」

「えっ⁉　そうなんですか⁉」

「はい！　ですが、偶然ギルネさんがティムお兄様のお部屋にいらっしゃいまして、あのような凶行を防いでくださったのです！」

「あぁ、宴が終わって入浴を終えた後、ティムの様子が心配になってな。ほら、酔っ払って何をされても抵抗できない状態だったし」

ギルネ様は得意げに腕を組んだ。

しかし、アイラは何やら疑いの眼差しをギルネ様に向ける。

「私たちが慌てて扉を開いた時にはギルネお姉ちゃんは寝ているティムお兄ちゃんに馬乗りになってたんだけどね……」

「ティ、ティムの顔色を近くで見たかったからな！　ほら、倒れてしまったんだろう⁉　心配でっ！」

「ギルネ様、そんなに僕の事を……！　ありがとうございます！」

ギルネ様の優しいお心に感謝し、僕は深々と頭を下げた。

「はぁ、全く。あと少しだったのに、余計な邪魔が入ったな……」

ギルネ様はなにやら口惜しそうに呟いた。

あとがき

みなさん、こんにちは！　作者の夜桜ユノです！

この度も引き続き、『ギルド追放された雑用係の下剋上～超万能な生活スキルで世界最強～』の４巻をお手に取っていただき、誠にありがとうございます……！

自分の初めての作品がここまで長く連載を続けられていますのは皆様の温かい応援のお陰に他なりません！　重ねて、感謝申し上げます！

そんな皆様の為に自分がお返しできることは、やっぱり面白いお話を書き続けることだと思いますので、これからより一層、気合いを入れて頑張っていく所存です。

そして、今回は特典ＳＳもかなり気合いを入れて書きました！

『ティムがホストクラブでNo.1に成り上がる話』は約一万文字！

レイラのティムへの恋を（勝手に）応援する人魚たち……レイラはそんな人魚の口車に乗せられてギルネと共にキャバクラで目も眩むような大金を稼いでしまいます。一方、オルケロンで一番大きなホストクラブ『エンパイア・スイート』ではNo.1の座を巡ってイケメンホストたちが火花を散らしていました。そんな中、雑用係としてお店の裏方で働いていたティムでしたが、そのことを知ったギルネたちが大金をはためかせながら入店してしまい、指名をしたのはもちろん……！

『アルバイト先でティムの浮気調査をするギルネたち』約一万五千文字！

オルケロンでいつもどおりアルバイトに出かけたティム。それを見送ったギルネをアイラが唆《そそのか》し、ギルネは「ティムが仕事先で他の種族と浮気をしているのでは……⁉」と不安になってしまいます（※そもそも、ギルネとティムは別に付き合っていません）。完璧な変装をしたギルネ、アイラ、アイリはティムの仕事先での様子をこっそりと観察し、浮気調査をすることに。三人がその先で見た光景でとんでもない勘違いが巻き起こってしまい……⁉


以上の二作品です！

特典を買い集めてくださっている方も結構いますので、今回も本編に負けないくらいの読み応えになるように頑張りました！

一般的なＳＳ特典の数倍のボリュームですので、これまで手に入れたことのない方もこれを機に入手方法を調べてお手に取って、楽しんでいただけると嬉しいです！

少し気が早い話ですが、来年以降も本作を含めてコミカライズや、いくつか作品を発表予定ですので、ふと思い出した時に、「今はどんな作品を出してるのかな～？」と確認していただけるだけでも作者にとっては大変大きな応援になります。

それでは、みなさん。また次回お会いしましょう。

二〇二一年　八月　夜桜ユノ

ギルド追放された雑用係の下剋上4
~超万能な生活スキルで世界最強~

2021年11月1日 第1刷発行

著 者 夜桜ユノ

発行者 本田武市

発行所 TOブックス
〒150-0002
東京都渋谷区渋谷三丁目1番1号 PMO渋谷Ⅱ 11階
TEL 0120-933-772(営業フリーダイヤル)
FAX 050-3156-0508

印刷・製本 中央精版印刷株式会社

ISBN978-4-86699-343-0